KB020077

천외천의 주인 39

2023년 9월 11일 초판 1쇄 인쇄
2023년 9월 14일 초판 1쇄 발행

지은이 한수오
발행인 강준규

기획 이기헌 왕소현 임동관 박경무 강민구 조익현
책임편집 오영란
마케팅지원 이원선

발행처 (주)로크미디어
출판등록 2003년 3월 24일
주소 서울시 마포구 마포대로 45 일진빌딩 6층
Tel (02)3273-5135 Fax (02)3273-5134
홈페이지 rokmedia.com E-mail rokmedia@empas.com

ⓒ 한수오, 2020

값 9,000원

ISBN 979-11-408-0726-0 (39권)
ISBN 979-11-354-8621-0 04810 (세트)

한수오 신무협 장편소설

39

천외천의 주인

| 대종사大宗師 |

차례

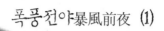

폭풍전야暴風前夜 (1)

땅거미가 내려앉으며 어스름 저녁이 되었다.

저녁을 맞이하는 도회지가 다 그렇지만, 주강(珠江)을 통해서
바다와 연결되어 있는 도회지인 광동성의 성도 광주(廣州)의 거
리도 매우 부산했다.

거리 곳곳에 등불이 내걸리기 시작하고, 귀가를 서두르는 행
인들의 발걸음이 분주해졌다.

물론 그와 반대로 귀가가 아니라 향락을 위해서 나서는 사
람들로 북적거리기 시작하는 거리도 있었는데, 남문과 연결된
재화대로(在花大路)가 대표적인 예였다.

'꽃이 있다'는 이름에서 알 수 있듯 재화대로는 광주부에서
가장 유명하고 또 번화한 홍등취(紅燈聚), 이른바 윤락가이기 때

문이다.

오늘도 그랬다.

양쪽으로 늘어선 기루와 주루, 다원 등의 윤락 업소들은 저마다 화려한 색색의 등불을 내걸어서 재화대로는 초저녁부터 불야성을 이루고 있었다.

그리고 다른 도회지의 그 어떤 저잣거리보다도 더욱 왁자지껄 시끄러웠다.

예로부터 광동 사람들은 어지간한 일에도 말보다 주먹이 앞서기로 유명하고, 특유의 강한 억양 때문에 대화를 나누는 것조차 싸우는 것처럼 느껴지는 것으로 정평이 났다.

그런 사람들이 거리를 가득 메우고 있으니, 시끄럽지 않을 도리가 없는 것이다.

그런데 어느 한순간, 그런 재화대로의 일각이 조용해졌다.

정확히는 향락의 물결이 절정에 달하는 해시(亥時 : 오후9~11시) 무렵이었고, 재화대로에서 가장 크고 유명한 기루인 취선청(醉仙廳)의 주변이었다.

이유는 간단했다.

거리를 오가는 사람의 물결 속에 하나둘씩 목자 사나운 장정들이 보이기 시작하더니, 이내 취선청의 문 앞으로 모여들어서 무리를 짓고 있었다.

대부분의 행인들이 걸음을 멈추고 숨을 죽인 채 그들, 무리를 눈여겨보았다.

지역적인 특색이 그런 것인지, 무언가 사고가 터질 것 같은 분위기가 분명함에도 다들 겁을 먹고 자리를 피하기보다는 호기심을 드러내며 구경하는 것이다.

그사이, 취선청의 문 앞으로 모여든 사내들의 인원은 순식간에 불어나서 삼십여 명이나 되었다.

그중 선두에 나서 있던 한 사내가 먼저 칼을 뽑았다.

그러자 나머지 사내들도 저마다 품에서 칼이며 도끼 등, 서슬이 시퍼런 흉기를 꺼내 들었다.

놀란 행인들이 그제야 썰물처럼 물러나서 그들과 거리를 벌렸다.

사내들은 그런 행인들의 이목을 전혀 신경 쓰지 않고 취선청의 대문 안으로 우르르 몰려 들어갔다. 그리고 마지막으로 들어간 두 사내가 보란 듯이 취선청의 이름이 적힌 등불을 끄고 활짝 열려져 있던 대문을 닫으며 소리쳤다.

"취선청은 오늘 장사 끝냈으니, 다들 돌아가라!"

무언가 대단한 구경거리를 기대하고 취선청 주변으로 몰려들었던 행인들이 저마다 아쉬운 기색으로 입맛을 다시거나 침을 뱉으며 뿔뿔이 흩어지기 시작했다.

"뭐야, 싱겁게?"

"갖은 폼은 다잡더니, 별거 아니잖아."

"어딘지는 몰라도 흑도들이 모임을 가지려고 전세를 냈나보네."

"그런 거면 오늘 취선청 주인장은 속 좀 쓰리겠군. 저런 놈들이 어디 술값이나 제대로 내겠나."

"그러게. 그럼 내일은 취선청에 가지 말아야 쓰겠네. 오늘 잃은 거 벌충하려고 뽕을 뽑으려고 들 거 아냐."

흥미로운 구경을 못해서 아쉬운 마음이 컸는지 저마다 한마디씩 하며 사라지는 행인들의 결론이 그런 쪽으로 기울었다.

그러나 실제는 그런 행인들의 결론과 전혀 달랐다.

취선청의 대문을 닫고 걸어 잠근 무리는 무언가 집회를 가지려고 모인 것이 아니라 그 반대로 다른 무리가 가지는 집회를 공격하려고 모인 자들이었다.

그 때문이었다.

무리의 선두에서 취선청의 대문을 통과한 사내, 매부리코에 깊이 들어간 눈, 가늘게 찢어진 눈꼬리가 싸늘한 느낌을 더하는 사십대인 흑의중년인은 절로 오만상을 찡그렸다.

대문 밖에서는 몰랐으나, 취선청의 내부가, 정확히는 품(品)자형을 이룬 취선청의 전각들 앞에 꾸며진 정원이 너무나도 휑했다.

손님은커녕 마땅히 술과 요리를 들고 분주하게 오가고 있어야 할 점원들의 모습조차 코빼기도 보이지 않았다.

'그러고 보니……?'

오늘 따라 대문 밖에서 호객행위를 하는 애들도 없었고, 늘 전각의 이 층에서 창문을 열고 지나가던 행인에게 추파를 던지던 기녀들도 보이지 않았었다.

흑의중년인은 절로 경각심을 가지며 옆을 따르던 뱁새눈의 사내 하나에게 미심쩍은 시선을 건넸다.

"그 정보 정말 확실한 거지?"

뱁새눈 사내가 가슴을 치며 장담했다.

"확실합니다. 임(任) 선비에게 직접 들은 얘기입니다. 진가장(陳家莊)의 명령을 받은 사(史) 씨 가문의 가주 호안수사(虎眼秀士) 사보천(史寶泉)이 직접 나섰고, 여기서 무장보(武裝堡)의 완소이(阮小二)와 회동을 가진다고 했습니다. 여태 임 선비의 정보가 틀린 경우는 한 번도 없질 않습니까."

흑의중년인은 쓰게 입맛을 다셨다.

임 선비는 광동성에서 둘째가라면 서러워할 정보통(情報通)으로서, 중원에서도 알아주는 정보 거래상들의 결사(結社)인 밀계(密契)에서도 수완이 좋기로 소문난 사람이었다.

그런 그가 전해 준 정보라면 정말로 믿을 수 있었다.

'하지만⋯⋯?'

여기 분위기는 영 아니었다.

비밀리에 회동하는 사람들이 이렇듯 일개 기루를, 그것도 광주부 최고의 향락가인 재화대로에서 최고로 크고 유명한 기루를 통째로 빌린다는 것은 아무래도 납득하기 어려운 일이었다.

'게다가 기녀들은 말할 것도 없고, 일하는 애들까지 죄다 내보냈다고⋯⋯?'

그때 소리 없이 좌우로 흩어져서 살피던 사내들 중 하나가 달려와서 말했다.

"저쪽입니다, 대형!"

사내가 가리킨 곳은 취선청의 후원이었다.

취선청은 세 개의 건물이 품자형을 이룬 구조이지만, 그에 딸린 작은 건물들도 서너 개 있었는데, 그 대부분은 창고였고, 사람이 거할 수 있는 곳은 후원에 자리한 별채 하나뿐이었다.

흑의중년인은 잠시 망설이다가 마음을 다잡았다.

예상과 다른 분위기에 영 기분이 찜찜했으나, 여기까지 와서 발길을 돌리기는 것도 썩 내키지 않았다.

'하긴, 내가 겁낼 게 뭔가.'

마음을 정하고 나자, 한결 홀가분해진 기분으로 변한 흑의중년인은 후원의 별채로 접근했다.

별채는 제법 화려하게 가꾸어 놓은 후원과 어울리는 아담한 전각이었다. 그리고 다른 곳과 달리 그곳의 내부에서는 인기척이 감지되었다.

'서너 명!'

흑의중년인은 눈을 빛냈다.

이 정도 인원이라면 말이 된다.

정말로 여기 취선청을 통째로 빌리고, 기녀들은 물론, 일하는 애들까지 죄다 내쫓은 모양이었다.

'극비리에 회동한답시고 더욱 티를 내고 자빠졌군.'

흑의중년인은 상대의 아둔한 머리를 비웃으며 주변의 사내들에게 눈짓을 보냈다.

사내들이 일체의 소리도 없이 좌우로 흩어져서 별채를 포위했다. 사전에 수십 번의 손발을 맞춘 것처럼 더없이 기민하면서도 일사불란한 움직임이었다.

흑의중년인은 그제야 별채의 문 앞에 섰다. 그리고 아무런 기척도 없이 불쑥 문을 열고 안으로 들어갔다.

별채는 밖에서 보이는 것과 같이 통으로 하나인 공간이었고, 거하게 술상이 차려져 있었다.

세 사람이 마주한 술상이었다.

그들의 뒤에는 죽립을 깊게 눌러 쓴 사내 하나가 서 있었는데, 아마도 호위일 터였다.

그러나 흑의중년인의 눈에는 그가 눈에 들어오지도 않았다.

하물며 문을 등지고 앉아 있어서 얼굴이 보이지 않는 백발의 노인도 그의 안중에 없었다.

그의 눈에는 오직 두 사람만 들어왔다.

문을 마주하고 있는 두 노인, 진가장의 가신 가문인 사 씨 가문의 가주 호안수사 사보천과 응천회(應天會)와 더불어 여기 광주부의 양대흑도 중 하나인 무장보의 보주 구환도(九環刀) 완소이가 바로 그들이었다.

느닷없는 그의 등장에 너무 당황해서일까?

사보천과 완소이는 그저 앉아서 멀뚱거리는 눈으로 불쑥 들어선 그를 바라만보고 있었다.

그는 미소를 짓고 두 손을 들어 포권하는 시늉을 해 보였다.

"안녕하십니까, 사 가주, 그리고 완 보주. 개인적으로 뜻한 바 있어서 이렇듯 결례를 저지르게 되었으니, 부디 너그럽게 이해해 주시기 바랍니다."

사보천과 완소이는 그래도 대꾸가 없었다. 그저 어딘지 모르게 입맛이 쓰다는 표정을 짓는 것 같기도 했는데, 그는 그마저도 너무 놀라고 당황해서 그런 것이라고 이해하고는 맞잡은 두 손을 높이 쳐들고 거듭 공수하며 계속 말했다.

"다름이 아니라, 듣자하니 두 분께서 여기 광주부에 잠입해 있는 마교의 세작들의 명단을 입수했고, 놈들을 소탕하려고 힘을 모으기 위해 회동을 가지신다고 해서 이렇게 결례를 무릅쓰고 불쑥 찾아왔습니다. 그런 일이라면 마땅히 우리 응천회도 얼마든지 도움을 드릴 수 있을 것 같아서 말입니다."

사보천이 허락을 구하듯 슬쩍 완소이를 일별하고 나서 웃는 얼굴로 대답했다.

"응천회의 정보력이 생각보다 더 대단하구려. 하지만 여(呂) 회주, 우리는 응천회의 도움이 필요 없소이다. 필요했다면 미리 연락을 드렸을 테지요. 하니, 여 회주가 이렇듯 예고도 없이 여기를 찾아온 것은 정말이지 결례를 넘어서는 무례이오. 그 무례는 너그럽게 이해하고 넘어갈 테니, 어서 그만 돌아가 주시오."

흑의중년인, 기실 중년으로 보이지만 실제 나이는 칠십에 달하는 노인인 응천회의 회주 구유조(九幽爪) 여척(呂倜)은 삐딱하게 사보천을 바라보며 대꾸했다.

"아, 글쎄 우리 응천부도 도움을 준다니까요?"

사보천이 냉담하게 말했다.

"부탁받지 않는 도움은 진정한 도움이 아니오. 오히려 자칫 반발심만 불러일으킬 수 있으니, 도와 달라고 부탁할 때 도와주어야 하는 거요. 그래야 고마워할 게 아니겠소."

여척이 아쉽다는 듯 입맛을 다시고는 피식 웃는 낯으로 말했다.

"정 그렇다면 이렇게 합시다. 그런 정보를 입수한 것이 사 가주인지 아니면 저기 저 배불뚝이 완소이인지는 모르겠지만, 그거 본인에게도 공유해 주시오. 사 가주께서 본인의 도움은 싫다니, 별수 없지요. 나는 그냥 나대로 움직여 봐야지요."

사보천이 대답 대신 한숨을 내쉬었다. 그리고 여척이 아니라 바로 앞에 앉아 있는 백발노인을 바라보며 탄식을 흘렸다.

"정말이지 본인이 인생을 헛산 것 같소. 정말로 이런 방법이 통하는구려."

"……?"

여척은 도대체 사보천이 뭐 하는 수작인지 몰라서 절로 오만상을 찡그렸다.

그사이, 무장보의 보주 완소이가 맞장구를 쳤다.

"그러게 말입니다. 내 설 대협의 말이라 다른 소리 못하고 그냥 따르긴 했습니다만, 내심으로는 정말 이런 술수가 정말 통할까 못내 의심하고 했는데, 이렇듯 아무런 의심도 없이 덥석 미끼를 물다니, 웃음밖에 안 나옵니다. 너무 한심해서 적이지만 욕이라도 한마디 해 주고 싶네요."

그러고는 정말이지 한심하다는 눈빛으로 여척을 바라보는 완소이었다.

여척은 이제야말로 무언가 심상치 않은 사태임을 감지했지만, 그래 봤자 저들이 할 수 있는 것은 아무것도 없다는 생각이 들어서 보란 듯이 코웃음을 날렸다.

"이것들이 정말 놀고 자빠졌네. 보자보자 하니까 내가 정말 바지저고리로 보이나……!"

여척은 말을 하다가 말고 흠칫하며 옆으로 비켜섰다.

그가 등지고 있는 방문이 벌컥 열렸기 때문이다.

그러다가 그는 지금 여기로 들어올 수 있는 사람은 자신의 수하들밖에 없다는 사실을 깨달으며 이맛살을 찌푸렸다.

그런데 별채의 문을 연 사람은 그의 수하가 아니었다.

오 척이나 될까?

허리를 구분할 수 없는 일자 몸매에 아랫배도 툭 불거져 나왔으며, 얼굴도 크고, 어깨와 팔뚝, 손도 굵직굵직 투박해서 무지막지하게 일만 하고 사는 산골촌부처럼 생겼는데, 우스꽝스럽게도 거대한 대월을 등에 짊어지고 있어서 거북이처럼 보이기도 하는 사내였다.

그는 모르지만 바로 공야무륵인 것이다.

"······!"

여척은 반사적으로 칼을 뽑아 들었다.

공야무륵이 그런 여척을 슬쩍 일별하고는 아무렇지도 않게 고개를 숙이며 말했다.

"밖은 다 정리했습니다."

사보천이나 완소이를 향해 하는 말이 아니었다.

백발노인에게 하는 말이었다.

백발노인이 처음으로 고개를 돌려서 여척을 마주했다.

"어?"

여척은 그제야 백발노인이라고 생각한 상대가 노인이 아니라 청년이라는 것을 확인하며 적이 당황했다.

그때 그 백발의 청년이, 바로 설무백이 말했다.

"쟤도 정리해."

"옙!"

공야무륵이 바로 대답하며 도끼를 뽑아서 휘둘렀다.

여척으로서는 뻔히 보면서도 막을 수 없는 기묘한 도끼질이었고, 그의 생명은 그 자리에서 종지부를 찍었다.

계획은 단순했다.

그러나 대계의 경우 단순한 계획일수록 실행에 옮기기가 매우 까다로운 법이었다.

이번의 경우도 그랬다.

광주부에 깔려 있는 마교의 세작들을 한곳으로 집결시켜서 일거에 제거한다는 것이 이번 계획의 요지였다.

어떻게?

실로 누구나 말하기는 쉽지만 막상 실행에는 옮기기가 어려운 계획인 것이다.

설무백은 우선 하오문이 수집한 정보를 토대로 광주부에 침습해 있는 마교의 세작들 중 누가 수뇌인지, 적어도 누가 가장 영향력을 행사하는지부터 확인했고, 그다음으로 그자를 움직일 수 있는 방법이 무엇인지를 따졌다.

그래서 나온 것이 두 사람, 구유조 여척과 임 선비라는 정보 상인이었다.

구유조 여척은 무장보와 더불어 광주부의 양대흑도 중 하나로 꼽히는 응천회의 회주였고, 임 선비는 광동성에서 손꼽히는 정보상인들의 결사인 밀계의 계원이었다.

그들, 두 사람은 악어와 악어새 같은 관계였다.

여척이 주도하는 응천회의 행사 뒤에는 어김없이 임 선비의 정보가 있었던 것이다.

설무백은 그 즉시 그럴 듯한 상황을 연출하기 위해서 광주부의 토박이 가문인 사 씨 가문의 가주 호안수사 사보천과 무장보의 보주 구환도 완소이를 섭외했다.

섭외는 별로 어렵지 않았다.

설무백의 위명을 익히 잘 아는 그들은 못내 반신반의하면서도 순순히 협조했다.

밀계의 계원인 임 선비를 찾는 것도 쉬웠다.

광동성에서 둘째가라면 서러워할 정보통이며, 밀계에서도 수완이 좋기로 소문난 임 선비는 그 명성만큼이나 인맥도 넓고, 그중에는 정체를 드러내지 않은 하오문의 인사도 포함되어 있었기 때문이다.

다만 문제는 임 선비의 태도였다.

임 선비는 광주부에 침습해 있는 마교의 세작들을 소탕하기 위함이라는 설무백의 간곡한 회유에도 불구하고 협조를 거부했다.

이는 그의 신념과 관계된 일이었는데, 정보를 파는 사람이 가짜 정보로 고객을 속이는 일은 절대 할 수 없다는 것이 그의 강변이었다.

그러나 대쪽 같은 임 선비의 절개도 죽음의 공포 앞에서는 무용지물이었다.

살인멸구(殺人滅口)하고 계획을 다시 짜겠다는 설무백의 한마디에 그의 태도가 바뀌어졌다.

"딱 이번 한 번뿐이오! 정말이오!"

그것이 임 선비의 마지막 자존심이었다.

그 뒤로 모든 계획이 일사천리로 진행되었고, 마침내 오늘에

이르렀다. 그리고 이제 남은 오직 문제는 하나, 과연 여척이 오늘 그의 생각처럼 광주부에 깔려 있는 마교의 세작들을 모두 다 동원했느냐가 관건이었다.

설무백은 자리를 털고 일어나며 그것을 말했다.

"어디 한번 확인해 볼까요?"

사보천과 완소이는 그런 생각을 할 수 없을 정도로 아직 충격에서 벗어나지 못하고 있었다.

공야무륵이 일수에 여척의 목을 날려 버린 충격이었다.

그런데 얼떨결에 설무백을 따라서 밖으로 나선 그들은 절로 두 눈이 휘둥그레지는 혼란에 빠져 버렸다.

별채의 밖인 후원에는 거구의 고고매와 그녀의 어깨에 앉은 요미가 기다리고 있었는데, 그녀들의 주변에 또한 후원의 이곳저곳에 걸쳐 수십 명의 사내들이 널브러져 있었다.

누구는 멀쩡한 모습으로 또 다른 누구는 선혈이 낭자한 모습으로 쓰러져 있지만, 하나같이 숨이 끊어진 주검이었다.

"대, 대체 어떻게……?"

사보천이 경악에 겨워서 말을 더듬었다.

"이, 이들을 처리하는 것을 우리가 모를 수 있었던 거요?"

후원과 별채의 내부는 고작 벽 하나로 구획된 공간이었다.

그런데도 그들은 밖에서 이런 도살이 벌어지는 동안 실로 아무런 기척도 느끼지 못했던 것이다.

게다가 이건 불과 일각도 되지 않는 동안에 벌어진 도살이 아닌가 말이다.

"아, 그건⋯⋯."

설무백은 대수롭지 않게 대답했다.

"제가 잠시 차단했지요."

"고, 공력으로 저, 저들과 우리의 공간을 차단했다는 거요?"

사보천의 눈이 새삼 휘둥그레졌다.

그 곁에 서서 얘기를 듣던 완소이도 경악한 표정이었다.

그도 그럴 것이, 상승의 무공을 익힌 고수라면 공력을 모아 주변을 차단해서 다른 사람들이 말소리를 듣지 못하게 차단하는 것이 가능하긴 하지만, 지금의 상황은 그런 것과 차원이 달랐다.

말이 쉬워서 공간이지 조금 전 그들이 앉아 있던 자리와 죽은 여척이 서 있던 곳은 서너 장이나 떨어진 거리였다.

그렇다면 설무백은 그 거리를 포함한 공간을, 말 그대로 별채 자체를 공력으로 외부와 차단했다는 뜻인데, 그로서는 이건 실로 듣도 보도 못한 기사인 것이다.

'대체 공력이 어느 정도이기에⋯⋯!'

사보천과 완소이는 실로 귀신을 보는 듯한 눈빛으로 설무백을 바라보았다.

설무백은 그런 그들의 반응을 애써 모르는 척 외면하며 넌지시 재촉했다.

"저도 확인해 볼 테니, 사 대협과 완 보주도 어디 한번 어떤 자들인지 확인해 보세요. 아, 그리고 만에 하나 누락된 자들이 있으면 그건 제가 따로 처리하도록 하지요."

"아, 예……!"

사보천과 완소이가 전에 없이 공손하게 고개까지 숙이며 대답하고는 후원에 널브러진 주검들을 살펴보기 시작했다.

설무백은 죽은 자들의 면면을 봐도 누가 누군지 모르기 때문에 그저 그들의 뒤를 따라다녔다.

"과연 이놈이 정말로……!"

"이자는 아닐 수도 있다고 생각했는데……!"

죽은 자들의 면면을 확인하던 사보천과 완소이는 연신 감탄과 분노, 아쉬움을 토로했다.

죽은 자들은 거의 다가 설무백이 알려 준 첩자들의 명단 속에 있는 자들이었고, 그 속에는 그들이 내심 아닐 거라고 부정하던 자들도 포함되어 있었던 것이다.

이윽고, 죽은 자들의 면면을 전부 다 확인한 그들이 무거운 낯빛으로 말했다.

"누락된 자는 없는 것 같소."

"맞소. 죄다 설 대협이 알려 준 명단에 있는 자들이오. 빠진 자는 하나도 없소."

설무백은 기꺼운 표정으로 공수했다.

"사 대협이 나섰다는 건 진가장이 나섰다는 뜻인데다가, 하물며 어깨를 재며 경쟁하는 무장보의 완 보주까지 나섰으니, 똥

줄이 타서라도 죄다 호출했겠지요. 실로 두 분의 도움에 감사드립니다."

"무슨 그런 말을…… 본인이야 장주님의 지시에 따랐을 뿐인 걸요. 게다가 도움이야 우리가 받았지요. 저들이 이대로 남몰래 계속 세를 확장했다고 생각해 보시오. 정말 끔찍하오."

"그렇소. 도움이 감사드리오, 설 대협!"

사보천과 완소이가 오히려 설무백을 향해 더없이 정중하게 공수하며 감사를 전했다.

그들의 눈빛은 그야말로 존경과 경외지심으로 가득 차 있었다.

"별말씀을……!"

설무백은 예나 지금이나 다른 사람이 건네는 치사를 거북해하는 성격이라 어찌할 바를 몰라서 서둘러 자리를 끝냈다.

"아무려나, 저는 아직 처리해야 할 지역이 남아 있어서 이제 그만 가야 하니, 여기 뒤처리를 부탁드립니다."

"여부가 있겠소."

"걱정 마시오. 절대 뒤탈 없이 깔끔하게 정리하겠소."

사보천과 완소이는 자신들이 서로가 다른 길을 가는, 불과 어제까지만 해도 서로 대립하던 정도와 흑도라는 것도 잊은 듯 나란히 서서 공수하고 있었다.

"예, 그럼 저는 이만……!"

설무백은 내심 고소를 금치 못하면서도 서둘러 작별을 고하며 발길을 돌렸다.

그가 그렇게 발길을 재촉해서 그들과 멀어졌을 때였다.

고고매의 어깨에 앉아서 그의 뒤를 따르던 요미가 고개를 갸웃거리며 물었다.

"여기가 마지막 아니었어?"

사실이었다.

그간 그들은 밤을 낮 삼아서 중원을 돌며 마교의 세작들을 처리했고, 바로 여기 광주부가 마지막 행선지였다.

"마지막이었지."

설무백은 피식 웃는 낯으로 대답하며 품에서 마교가 중원에 심어 놓은 세작들의 명단이 적힌 죽지를 꺼냈다.

죽지는 밖으로 꺼내지기 무섭게 불이 붙으며 활활 타서 재로 변했다.

요미가 이제야 알겠다는 듯 끌끌 혀를 찼다.

"쯧쯧, 하여간, 오빠도 참 별스러운 사람이야. 누가 자기를 칭찬하는 꼴을 못 봐요."

설무백은 애써 요미의 말을 외면하며 말했다.

"왔어?"

요미가 일순 어리둥절해하는 사이, 어디선가 혈뇌사야의 목소리가 들려왔다.

"이젠 정말 주군의 이목을 속이려야 속일 수가 없네요. 흐흐흐……!"

일부러 최대한 은밀하게 다가섰는데도 들켰다는 뜻이었다.

설무백은 그저 웃으며 물었다.

"그보다 어떻게 됐어?"

혈뇌사야가 늘 그렇듯 모습을 드러내지 않은 채로 대답했다.

"지시하신대로 응천회의 총관인 소정광(小頂光)을 만나서 사태를 주지시켜 주었습니다."

"직접 보니까 어때? 소문대로 쓸 만한 인물이야?"

"괜찮더군요. 무공이야 뭐 그렇지만, 머리도 좋고, 침착하고, 배포도 두둑한 것이, 영웅호걸까지는 아니어도 정도는 되는 것 같습니다. 같잖은 마공에 홀려서 넘어간 속물인 여척 밑에 그런 녀석이 있었다는 게 신기할 정도입니다."

"지식이 많은 사람일수록 자신을 낮게 평가하는 법이지."

"배려도 교만일 수 있는 것처럼 겸손도 지나치면 교만입니다. 그래서 그 점은 손 좀 봐두고 왔습니다."

"어떻게?"

"그야 몇 대 줘 팼지요."

"……."

"건방 떨지 말고, 어깨 힘 빼고, 조신하게 시키는 일 잘 하라고요."

"……그랬더니, 그런다고 해?"

"알았다고 하더군요. 그만 때리라고 하면서."

"……."

설무백은 말문이 막혀서 잠시 침묵하다가 물었다.

"아무튼, 잘 처리한 거지?"

혈뇌사야가 장담했다.

"여부가 있겠습니까. 수긍하고 인정했으니, 광주부에서 걱정하시는 다른 분란을 일어나지 않을 겁니다. 근데……?"

말미에 그가 불쑥 한마디 했다.

"누가 오는데요?"

"그러게?"

설무백도 이미 느끼고 있었다.

재화대로를 벗어나서 인적이 드문 소로로 접어드는 길목이었다.

모습을 감춘 사람의 기척이 은밀하게 그들을 향해 접근하고 있었다.

두 사람이었다.

공야무륵이 물었다.

"제가 처리할까요?"

설무백은 이채로운 눈빛으로 공야무륵을 바라보았다.

공야무륵은 놀라거나 당황한 기색을 전혀 보이지 않고 있었다.

어느 정도의 차이가 났는지는 몰라도 그 역시 이미 그들의 곁으로 다가서는 기척을 느낀 것이다.

'한 단계 더 진보했군.'

설무백은 일순 기꺼운 마음이 되어서 웃으며 말했다.

"아니, 그냥 뒤."

누군지 알 것만 같았기 때문이다.

그때였다.

쐐애액-!

예리한 파공음과 함께 반딧불처럼 미세한 광채를 발하는 무언가가 설무백을 향해 쇄도했다.

휘두르는 것이 아니라 직선으로 쏘아진 그 무엇이었다.

의지와 무관하게 설무백의 호신강기가 일어났다.

그와 동시에 그는 공력을 일으켜서 자신의 전신을 감싼 호신강기의 범위를 주변으로, 정확히는 반경 서너 장가량으로 크게 확산시켰다.

이른바 호신강기를 이용해서도, 즉 손이 아닌 육체의 그 무엇으로도 강기를 응축시켜서 쏘아 낼 수 있는 탄강(彈罡)의 경지였다.

꽝-!

요란한 폭음이 터졌다.

그 뒤로 과장되게 엄살을 부리며 나가떨어지는 백발의 노인 하나가 있었다.

"에구구, 나 죽네……!"

상체를 일으키며 허리를 잡고 죽는 시늉을 하는 백발노인 뒤로 낯익은 얼굴 하나가 홀연히 나타났다.

설무백은 그럴 줄 알았다는 듯이 웃는 가운데, 그 사람, 검은 일색의 의복을 걸친 장신의 노인, 흑점의 삼태상 중 하나인 흑천신이 끌끌 혀를 차며 백발노인을 질타했다.

"그러게 내가 하지 말랬지?"

은신법이 가미된 고도의 신법으로 기척을 숨기고 조용히 다가와서 설무백을 기습한 백발노인은 광동진가의 전대 가주인 무쌍곤 진일방이었다.

흑천신의 한마디로 전후 사정을 짐작한 설무백은 내심 괘씸하다는 생각이 들긴 했으나, 차마 화를 낼 수는 없었다.

진일방은 전생을 감안해도 그보다 배분이 높은 선배였고, 무엇보다도 광주부의 일을 처리하는 데 지대한 도움을 주었다.

그가 나서서 적극 지지해 준 덕분에 그의 아들이기 이전에 현 광동진가의 가주인 천기일곤 진자룡이 선뜻 전서를 보내 주어서 사 씨 가문의 가주인 사보천이 나서게 되었던 것이다.

하지만 그냥 넘어가기도 싫었다.

정말 웃기는 늙은이 아닌가?

도대체 자기를 언제 봤다고, 대뜸 이런 식으로 시험하려고 드느냐 말이다.

"죄송합니다, 진 노야. 진 노야인 줄 알았으면 조금 더 힘을 뺄 것을 그랬습니다."

약간의 희롱이었다.

방금도 적당히 상대한 것이지만, '당신인 줄 알았다면 보다 더 살살했을 것이다'라는 말이었다.

　사람에 따라서는 비웃음이나 비아냥거림으로 받아들일 수도 있었다.

　진일방의 뒤에 서 있는 흑천신의 안색이 살짝 일그러졌다.

　강호의 소문에 관심이 없는 설무백은 모르고 있지만, 그가 아는 진일방은 천년노송보다도 더 고고하고, 십팔 세 처녀보다도 더 강한 자존심의 소유자였다.

　그런 진일방이 비록 작금의 위명이 높다고는 하나, 고작 삼십 대를 바라보는 젊은 청년에게 비웃음을 당했으니, 그다음 사태는 불을 보듯 뻔했던 것이다.

　그러나 사람이 살다 보면 종종 자신의 예상과 다른 일을 마주하기도 한다.

　"하하, 그러게 말이야. 사실 이 늙은이도 생각이 아주 없지 않아서 흑천신 저 친구하고 어느 정도 거리를 유지한 상태로 기습했네. 자네가 이 늙은이는 몰라도 저 친구 기도는 알 테니까, 전력을 다하지는 않을 거라는 잔머리였지. 그런데도 이렇게 한 방에 나가떨어지다니, 자네 정말 강하군그래. 하하하⋯⋯!"

　진일방은 의외로 담백하게 설무백의 말에 동의하고는 오히려 자신의 잔꾀까지 스스럼없이 드러내며 웃고 있었다.

　흑천신도 그랬지만, 설무백의 얼굴도 절로 무색한 표정이 되었다.

그러거나 말거나 웃음을 그친 진일방이 슬쩍 설무백에게 다가서서 손을 모으며 말을 더했다.

"늙은이의 비례(非禮)를 용서하시게. 이래 봬도 아직 무인의 피가 식지 않아서 말이야. 정 뭐하면 우리 진가가 도와준 것하고 맞비긴 것으로 쳐도 좋고."

설무백은 담백하게 호인의 풍모를 드러내는 진일방으로 인해 새삼 세상소문이 다가 아님을 실감하며 정중히 공수했다.

"아닙니다. 그런 마음이시라면 언제든지 환영입니다, 노야."

진일방이 보란 듯 기겁한 표정으로 뒷걸음질 치며 손사래를 쳤다.

"그런 끔찍한 소리 말게. 자네와 같은 탄강의 경지는 이 늙은이 평생 처음일세. 아무리 무인의 피가 들끓어도 두 번은 무리야. 아무튼, 이만 갈 테니, 기회가 되면 나중에 또 보세."

설무백은 갑작스러운 고하는 작별에 못내 당황하며 붙잡으려는데, 흑천신이 웃는 낯으로 그에게 고개를 저으며 진일방을 향해 말했다.

"가려고?"

"볼일 다 봤으면 가야지."

"그래 그럼. 나중에 또 보자고."

"그려."

흑천신은 그렇듯 아무렇지도 않게 진일방을 보내 주었고, 진일방 또한 그렇듯 아무렇지도 않게 자리를 떠났다.

설무백은 무색해진 표정으로 서 있다가 물었다.

"뭐예요?"

흑천신이 웃는 낯으로 대답했다.

"아까 저 친구가 무인의 피 운운하며 한 말, 그거 다 뻥이야. 저 친구 저거 확인하러 온 거야. 자네가 주도하는 이번 거사에 진가장의 애들도 세 명이나 포함되었는데, 걔들이 하나같이 진가장의 내일을 책임져야 할 보석들이거든."

"아⋯⋯!"

설무백은 이제야 흑천신과 진일방이 예고도 없이 나타난 내막을 제대로 이해하며 이채로운 눈빛을 드러냈다.

"실로 과감한 투자네요."

대다수의 문파들이 이번 거사에서 자파의 최고수들을 내보낼 테지만, 일괄되게 그중에 젊은이들은 거의 없을 터였다.

제아무리 고수라도 자파의 내일을 짊어지고 나갈 젊은 영재들을 사지나 다름없는 전장에 내보내지는 않을 테니까.

그런 측면에서 진가장, 광동진가는 지금 설무백의 말마따나 실로 과감한 투자를 하는 셈이었다.

이번 거사가 사지와 다름없음을 알면서도 자파의 젊은 영재들을 내보낸다는 것은 그 경험을 토대로 보다 나은 내일을 기약하기 위함일 것이기 때문이다.

흑천신이 대번에 그의 심중을 파악하고는 피식 웃으며 말했다.

"그래, 실로 과감한 투자인 셈이지. 하지만 위험한 장사가 이문을 많이 남긴다고 하질 않나."

설무백은 묵묵히 고개를 끄덕였다.

이제야 뒷전으로 물러나 앉은 진일방이 애써 여기까지 와서 그의 무위를 시험해 본 이유를 충분히 납득할 수 있었다.

진일방은 자신의 아들이기 이전에 현 광동진가의 가주인 천기일곤 진자룡의 선택이 최소한 막무가내식의 도박은 아니라는 것을 확인하고 싶었던 것이다.

"하긴, 누가 뭐래도 잘나가는 가문에는 그만한 이유가 있는 법이죠."

설무백은 한마디로 진일방의 행동을 수긍하며 잠시 누르고 있던 진짜 질문을 던졌다.

"어쨌거나, 진 노야는 노야가 흑점의 삼태상이라는 것과 나와 흑점의 관계도 다 알고 있었다는 거네요?"

"알지."

흑천신이 대수롭지 않게 대답해 주고는 이내 피식 웃으며 덧붙였다.

"불알친구까지 속일 정도로 모진 놈이 아니야, 나는."

설무백은 지나가는 말처럼 물었다.

"그만큼 믿는다는 뜻이겠죠?"

흑천신이 피식 웃으며 대답했다.

"아무래도 그렇지. 그 믿음을 반평생 동안이나 지켜 준 사람이니, 앞으로 믿을 생각이네."

설무백은 질문을 하고 대답을 듣고 보니, 본의 아니게 전생의 기억이 소환되었다.

배신은 믿어서 당하는 거다.

애초에 믿지 않으며 배신은 없다.

그는 그런 생각을 애써 속으로 삭였다.

배신은 정해진 순리가 아니다.

누구는 배신을 당해도, 누구는 배신을 당하지 않는다.

내가 배신을 당했다고 해서 다른 사람도 당하리라는 보장이 없는 것이다.

'그것이 세상이지!'

설무백은 애써 자신 스스로를 설득하며 말문을 돌렸다.

"그런데, 갑자기 진가장에는 무슨 볼일이 있었던 겁니까?"

"아차!"

흑천신이 깜박하고 있었다는 듯 이마를 치고는 품에서 손바닥만 한 금합(金盒) 하나를 꺼내서 내밀었다.

"이거."

설무백은 어리둥절해하며 금합을 받아 들었다.

"이게 뭡니까?"

흑천신이 말했다.

"만독신군 여웅보의 유품이네."

"예?"

"다들 쉬쉬해서 아는 사람만 아는 얘기네만, 여응보 그 사람, 오래전부터 진가장에 머물고 있었지. 식객으로 말이야. 그게 진일방 그 친구의 배려였는데, 며칠 전에 귀천했다고 하더군. 죽기 전에 진일방 그 친구에게 그걸 넘겼다네. 혹시라도 만독주가의 후예를 만나게 되면 전해 달라는 유언과 함께 말이야."

설무백은 조금 당황했다.

"만독주가의 후예는……?"

"알아."

흑천산이 말을 자르며 말했다.

"자네가 전에 말해 주었잖아. 헛짓거리 하다가 자네 손에, 아니, 저 친구 손에 죽었다고 말이야."

흑천신은 슬쩍 공야무륵을 일별하고 있었다.

대외적으로 알려진 만독주가의 유일한 후예는 천산독마였다. 그리고 그 천산독마는 지난날 쾌활림의 흑표와 함께 암계를 꾸미면서 백영을 납치했다가 뒤를 추적한 공야무륵의 손에 죽었고, 그 사실을 흑천신도 알고 있는 것이다.

"내가 전에 그 얘기를 진일방 그 친구에게도 해 주었거든. 그런데 그 친구는 차마 그 얘기를 여응보에게 말해 줄 수가 없었다고 하더군. 그러니까 여응보는 끝내 만독주가의 핏줄이 완전히 끊어졌다는 사실을 모른 채 죽은 거지."

"그런데 이걸 왜 제게……?"

"진일방 그 친구가 의외로 여려. 자기가 가지고 있기에는 부담스러워서 싫다며 자네에게 전해 주라네. 명맥을 끊은 자가 책임져야 할 문제라 이거지."

"……."

"사실 안 받을까도 했는데, 그냥 받았어. 아무래도 자네에게 필요할 것 같아서."

설무백은 의미심장한 흑천신의 말을 듣고 나서야 금합을 열어 보았다.

금합 안에는 새알 굵기의 금환(金丸) 하나와 전서처럼 돌돌말린 작은 죽지 하나가 들어 있었다.

"뭡니까, 이거?"

"만독주가의 보물인 천인시독단(天人屍毒丹)과 독문독공인 환시독공(幻屍毒功)의 구결이네. 만독주가가 천하사대독문 중에서 말석으로 평가받는 것은 그들의 독공이 약해서가 아닐세. 그들의 비전이 주로 시독(屍毒)을 이용하는 까닭에 멸시되며 저평가되었을 뿐이야. 내가 보기엔 그들에게 전승되는 비의(秘義)는 사천당문의 용독술 이상으로 심원한 부분이 있네."

흑천신은 말미에 가볍게 웃으며 덧붙여 말했다.

"자네를 믿고 따르는 오독문의 독후에게 언제까지 냄새나는 독물만 먹으라고 할 수는 없지 않나. 게다가 최근 들어서는 체내에 축적된 독기를 제어하는 데 어려움을 겪고 있어 다른 사람들은 그녀 곁에 얼씬도 못해서 골방에만 처박혀 있다며?"

"……!"

"내 생각에 그거라면 그녀가 잃어버린 음식과 세상을 돌려줄 수 있을 걸세."

설무백은 못내 감격했다.

일찍이 그는 독후 이이아스를 도울 수 있는 방법을 백방으로 수소문하는 와중에 흑점의 삼태상에게도 그녀의 사정을 알리며 도울 수 있는 방안을 모색해 달라고 부탁해 두었었다.

하지만 그건 조급해진 마음에 그랬을 뿐, 실제는 그다지 큰 기대를 걸지는 않고 있었는데, 이렇듯 예상 밖의 결과를 맞이한 것이다.

"독후가 정말 기뻐하겠네요."

설무백은 늘 그렇듯 은혜는 말로 갚는 것이 아니라 몸으로 갚는 것이라는 생각으로 애써 무덤덤하게 한마디 하고는 금갑을 품에 갈무리했다.

그런 그의 뒤에서 요미가 소곤거렸다.

"저기 무슨 말이냐 하면 이제 우리에게 경쟁자가 하나 더 늘었다는 소리야."

고고매의 귀에다가 작게 속삭이는 말이었다.

그러나 설무백은 말할 것도 없고 지금 주변에 있는 사람들 모두가 그 정도는 능히 들을 수 있는 고수들인 것이다.

흑천신이 웃는 것 같기도 하고 우는 것 같기도 하게 인상을 쓰는 입맛을 다셨다.

"그게 또 그렇게 되는 건가?"

설무백은 그간 한두 번 겪은 일이 아니라 이력이 나서 대수롭지 않게 요미의 말을 무시하며 발길을 재촉했다.

"천 사형이 흑점의 일로 거인상련에 갔다고 하더군요. 제가 마침 생각보다 일찍 볼일을 다 끝내서 그쪽을 들렀다가 갈 생각인데, 같이 가실래요?"

흑천신이 의외라는 듯 물었다.

"벌써 사정을 들었나?"

"뭐 별로……."

설무백은 대수롭지 않게 대답했다.

"그저 연락이 안 되고 있다는 얘기만 들었지요."

"흑혈, 그 아이는 아직 모르고 있을 텐데……?"

흑천신이 무심결에 의문을 토로하다가 이내 쩝쩝 입맛을 다시며 고개를 끄덕였다.

"하오문의 정보력이 예전과 비교할 수조차 없이 발전했군. 나도 오늘 아침에서야 개방의 연락을 받아서 알게 된 사실인데 말이야."

설무백은 태연하게 말을 받았다.

"걱정할 만한 사고는 아닐 겁니다. 천 사형이 조금 방만하긴 해도, 고작 거인상련 정도가 어쩔 수 있는 분은 아니니까요."

흑천신이 놀리듯 장난치듯 두 눈을 게슴츠레하게 뜨며 설무백을 바라보았다.

"말과 행동이 너무 다른 거 아냐?"

설무백은 짐짓 딴청을 부렸다.

"그냥 무슨 사정인지 궁금해서요. 어차피 가는 길이기도 하고요."

흑천신이 피식 웃으며 돌아섰다.

"나는 원래 그쪽으로 가려던 참이었어."

그러다가 그는 슬쩍 고개를 돌려서 설무백을 바라보며 당부했다.

"너무 심하게는 다루지 마. 어쨌거나, 우리 흑점의 큰손 중 하나니까."

설무백은 웃는 낯으로 어깨를 으쓱했다.

"가서 보고요."

강남상권의 오 할을 지배한다는 거인상련의 호남성 악양(岳陽)에 있었다.

한 시진의 목욕으로 해묵은 때를 벗겨 내고, 걸레처럼 산발한 머리를 뒤로 넘겨서 묶은 상태로, 금실이 섞인 비단적삼을 단정하게 걸친 독수신옹은 완전히 딴 사람으로 변했다.

대나무처럼 바싹 마른데다가 이제 막 금제에서 풀려난 상태라 아직 완전한 내공을 회복하지 못한 상태임에도 불구하고 어깨에는 태산준령처럼 삼엄한 기상, 두 눈에는 화염처럼 뜨겁고

강인한 위엄이 흘러넘쳤다.

그런 모습으로, 그는 누런 이를 드러낸 채 빙그레 웃으며 악초군을 향해 말했다.

"상대를 제대로 모르는 싸움은 필패일 수밖에 없다. 그러니 우선 옥문관을 넘어간 애들을 전부 다 총단으로 복귀시켜라. 그 다음에 어디 한번 제대로 다시 얘기해 보자."

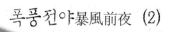

폭풍전야暴風前夜 (2)

호남성 악양은 중원제일호(中原第一湖)인 동정호(洞庭湖)의 관문과도 같은 도회지이다.

다만 악양이 유명한 것은 다른 무엇보다도 악양루(岳阳楼)가 있기 때문이다.

호남성 동북부의 상강(湘江)하류이며 동정호와 장강이 교차하는 지역에 세워진 고성인 악양성 서문의 성루(城樓)이자, 과거 동오의 명장인 노숙(魯肅)이 동정호에서 수군을 훈련시킬 때 지었다고 해서 노숙열병대(魯肅閱兵臺)라고도 불리는 악양루는 호북성 무한의 황학루(黃鶴楼), 강서성 남창의 등왕각(滕王阁), 산서성 영제의 관작루(鸛雀樓)와 더불어 중원의 사대명루로 명성이 자자해서 수많은 시인묵객이 찾는 천하의 명소인 것이다.

강남상권의 오 할을 지배한다는 거인상련은 바로 그 악양루가 저 멀리 보이는 악양의 서문대로와 이어진 주택가인 상만진천가(商滿振川街)에 자리하고 있었다.

"부자들이 사는 동네군."

상만진천가로 들어선 흑천신의 첫인상이었다.

길가로 거대한 주택들이 즐비하니 누구라도 그와 같은 인상을 받을 것이다.

거인상련은 그중에서도 가장 거대한 저택이었다.

그마저도 거인상련의 총단이 아니라 거인상련의 총수인 황금왕(黃金王) 신이립(辛理立)이 사는 집이라고 했다.

"아는 사람은 다 아는 얘기지만 신이립은 상인인 동시에 무인이에요. 그것도 타고난 무공광이라 별별 무공을 다 익혔다고 하는데, 무위를 제대로 드러낸 적이 없어서 잘은 모르겠지만, 적어도 강호무림의 백대고수에는 능히 들어간다는 것이 세간의 정평이지요."

녹산예의 설명을 들은 흑천신이 이해할 수 있다는 듯 고개를 끄덕이며 냉소를 날렸다.

"돈지랄이겠군."

녹산예가 어깨를 으쓱하며 인정했다.

"아무래도 그렇지요. 듣자 하니 관심이 있는 무공에는 물불안 가리고 가진 돈을 쏟아붓는다고 하더군요."

"거느린 애들도 제법이라지?"

"예. 무인을 수집하는 취미도 있다는군요. 신이립의 친위대인 거검대(巨劍隊)가 하나같이 고수인 것도 그 때문이고, 거인상련이 거느린 무인 집단인 거인당(巨人黨)이 백여 명의 소수 인원을 가지고도 낙양 제일을 다투는 것도 그래서랍니다."

"그에 대한 얘기는 나도 조금 들었지."

흑천신이 녹산예의 설명에 덧붙였다.

"그게 거인상련이 흑선궁과 쾌활림의 총단이 멀지 않은 이곳 낙양에서 굳건하게 행세하며 강남 상권을 유지할 수 있는 이유였다고 하더군. 천사교가 득세할 때도 별다른 타격을 받지 않았고 말이야."

시종일관 묵묵히 듣고 있던 설무백이 결론을 내렸다.

"이래저래 정말 대단한 수완가인 모양이네요."

흑천신이 말꼬를 잡고 부정적인 의견을 내세웠다.

"세간의 소문보다 더 구린 구석이 많다는 뜻일 수도 있지."

녹산예가 흑천신의 말에 동조했다.

"저도 흑천신 노야의 말에 동의해요. 상인이면서 무인, 그것도 상재(商才)이면서 무재(武才)인데, 이 시국에 주변의 영향을 거의 받지 않고 있다면 무언가 문제가 있는 거 아니겠어요."

"만나 보면 알겠지."

설무백은 대수롭지 않게 말을 자르며 발길을 재촉했다.

어느새 그들은 상만진천가의 끝자락을 걷고 있었고, 저편에 여타 저택들과 확연히 구분될 정도로 거대한 저택이 그들의 눈에 들어오고 있었다.

거인상련의 총수인 황금왕 신이립의 저택이었다.

"신기한 놈이군."

"젊은 놈이 백발이야."

"요즘 저게 유행이라던데?"

설무백 등이 지근거리로 다가서기도 전에 대저택의 문을 지키는 서너 명의 사내들이 저마다 쑥덕이고 있었다.

처음 보는 사람을 두고 무례한 얘기를 주고받으면서도 굳이 목소리를 낮추지 않는 본새가 그들이 낙양에서 가진 위세를 말해 주었다.

그중의 하나가 다른 자들의 어깨를 툭툭 치는 것으로 입을 다물게 하며 눈치를 주었다.

"이쪽으로 오는데?"

설무백은 대수롭지 않게 그들의 태도를 무시하며 다가가서 물었다.

"여기가 황금왕 신이립의 집이 맞소?"

가뜩이나 곱지 않은 시선으로 바라보던 사내들의 인상이 휴지처럼 구겨졌다.

"뭐야, 이놈?"

"아주 싸가지가 없는 놈이네?"

"대가리에 피도 안 마른 놈이 감히 어디서 개수작을……! 황금왕 어르신에 네 친구냐?"

설무백은 그간 정말 식상할 정도로 많은 문전박대를 당해 본 경험이 있는 까닭에 사내들의 거친 반응에도 별다른 감흥을 느끼지 못하며 조용히 자신의 신분을 밝혔다.

"나는 설무백이라고 하오. 용무가 있어서 신이립을 만나러 왔으니, 안에 기별 좀 넣어 주기 바라오."

사내들의 표정이 바뀌었다.

다들 설무백이 누군지 아는지 하나같이 휘둥그레진 눈으로 바라보았다.

미심쩍은 표정이면서도 감히 함부로 하지는 못하고 머뭇거 리는 태도인데, 이내 그중의 하나가 급히 나서며 굽실거렸다.

"아, 그러시군요. 안채에 기별을 넣을 테니, 잠시만 기다려 주십시오."

말을 한 사내가 다른 사내에게 눈짓을 보내고, 눈짓을 받은 사내가 활짝 열려져 있는 대문 안쪽으로 보이는 건물을 향해 내달렸다.

나머지 사내들은 여전히 반신반의하는 눈초리로 설무백 등 을 살피고 있었다.

설무백은 아무렇지도 않게 그들의 시선을 무시하며 태연히 버티고 서서 기다렸다.

사내들이 그나마 그를 설무백인지 아닌지 반신반의하는 것 도 그가 아니라 누가 봐도 예사롭지 않은 철면신과 공야무극, 흑천신, 녹산예 등이 그와 동행했기 때문일 테지만, 그런 건 그에게 아무런 자극이 되지 않았다.

그런 가운데 약간의 시간이 흐르자, 안쪽의 건물로 뛰어갔던 사내가 일단의 무리를 대동하고 나왔다.

황금왕 신이립이 아니라 낯선 얼굴의 흑포노인이 이끄는 사내들의 무리였다.

대나무처럼 바싹 마른 선두의 흑포인도 그렇지만, 나머지 십여 명의 사내들도 하나같이 예사롭지 않은 기도의 소유자들이었다.

"좋게 만나고 싶은 생각이 없는 모양이네요."

녹산예가 키득거리며 중얼거리는 사이, 지근거리로 다가온 무리의 선두인 흑의노인이 삐딱한 시선으로 설무백을 위아래로 훑어보며 물었다.

"귀하가 설무백?"

설무백은 삐딱하게 나오는 사람을 정중하게 대할 정도로 너그러운 사람이 아니었다.

"그런데?"

흑포노인이 설무백의 무뚝뚝한 대꾸에 기분이 상한 듯 미간을 찌푸리며 말했다.

"무슨 용무로 신 대인을 만나려는 거요?"

설무백은 못내 시큰둥하게 대꾸했다.

"나는 신이립에게 용무가 있다고 했소. 당신은 신이립이 아니질 않소."

흑포노인이 비틀린 미소를 지으며 말했다.

"본인은 신 대인의 심부름을 하고 있는 거검대의 부대주 하진(河晉)이오. 사정을 말해 주면 본인이 가서 전해 드리겠소."

설무백은 어째 일이 틀어지는 것 같아서 귀찮아졌지만, 애써 예의를 지키기로 마음먹었다.

아직 아무런 내막도 모르는 상태에서 난동을 부리긴 싫었다.

"본인이 사형이 이곳의 주인인 신이립을 만나러 왔는데, 한참이 지나도 연락이 닿지 않아서 당사자인 신이립을 만나서 확인하려는 거요."

흑포노인, 황금왕 신이립의 친위대라는 거검대의 부대주 하진이 기다렸다는 듯 바로 물었다.

"귀하의 사형이 누구요?"

설무백은 불쾌함을 드러냈다.

"이젠 호구조사까지 하려는 거요?"

하진이 태연하게 웃으며 대꾸했다.

"누군지 알아야 확인을 해 볼 것이 아니겠소."

설무백은 심사가 뒤틀렸으나, 틀린 말이 아닌지라 순순히 대답해 주었다.

"천자, 공자, 수자를 이름으로 쓰시는 분이오."

"아, 천공수 어른!"

하진이 바로 알은척을 했다.

그리고 문득 고개를 갸웃거리며 설무백을 바라보았다.

"근데, 그분에게 사제가 있었던가……?"

"있소."

설무백은 잘라 말했다.

"바로 나요."

하진이 이상하다는 눈초리로 설무백을 바라보다가 이내 애써 미안한 표정을 지으며 말했다.

"그렇구려. 그런데, 아쉽게 되었구려. 그 어른은 여기서 하룻 저녁 묵으시고 며칠 전에 가셨다오."

설무백은 이제야말로 짜증이 났다.

"나는 신이립의 심부름이나 하는 당신이 아니라 신이립에게 직접 묻고 대답을 듣겠다는 거요. 그러니 괜히 일 복잡하게 하지 말고, 심부름꾼이면 심부름꾼답게 어서 가서 신이립에게 전해 주시오. 풍잔의 설무백이 용무가 있어서 만나고자 한다고."

하진의 인상이 삭막하게 변했다.

연이어 뱉어진 심부름꾼이라는 말이 그의 감정을 격발시켰다. 같은 말이라도 스스로 자신을 낮추는 것은 겸손이지만 타인이 자신을 낮추는 것은 도발이요, 도전인 것이다.

"말을 함부로 하는군! 그리고 천공수 어른은 이미 가셨다고 내가 분명하게 말하질 않았나. 지금 내게, 아니, 황금왕의 문전에 와서 시비를 거는 건가?"

하진이 이제야말로 대놓고 분노를 드러내고 있었다.

아니, 어쩌면 본색을 드러내는 것인지도 몰랐다.

그러나 문제는 이제 설무백도 참을 만큼은 참아서 화가 났다는 사실이다.

"내 주제에 예의는 무슨……!"

설무백은 혼잣말을 중얼거리고는 이내 차가워진 눈빛으로 흑포노인을 쳐다보며 물었다.

"신이립 안에 있지?"

하진도 예의를 버렸다.

그는 답변 대신 누런 이를 드러내고 웃으며 반문했다.

"내가 그걸 알려 줄 이유가 뭐냐?"

설무백도 답변 대신 쓰게 웃으며 녹산예를 향해 말했다.

"나 유명하다며? 아닌 것 같은데?"

녹산예가 어깨를 으쓱하며 대답했다.

"그게 아니라 저 늙은이도 제법 유명해서 그럴 거예요. 어째 이름이 낯설지 않다 했더니만, 아는 이름이네요."

그녀는 이내 하진을 향해 배시시 웃으며 물었다.

"과거 복건성 일대에서 놀다가 당시 잘나가던 석년의 운몽세가와 시비가 붙어서 쫓겨난 색명노귀(色明老鬼), 맞죠?"

하진의 얼굴이 볼썽사납게 일그러졌다.

그러거나 말거나 녹산예가 시선을 거두며 설무백을 향해 다시 말했다.

"맞네요."

하진이 이제야말로 분기탱천해서 으르렁거렸다.

"이것들이 정말……!"

공야무륵이 앞으로 나서며 설무백을 향해 물었다.

"죽일까요?"

녹산예가 설무백의 대답을 가로챘다.

"죽여도 될 걸요, 아마? 지금은 어떻게 사는지 몰라도 당시에는 악명 높은 색마였거든요."

설무백은 한숨을 내쉬며 명령했다.

"죽여."

공야무륵이 느긋하게 깍지 낀 손을 이리저리 굴려서 으드득 소리를 내며 하진을 향해 씩, 하고 웃었다.

하진이 흠칫하며 발작적으로 소리쳤다.

"뭣들 하느냐! 얼른 놈들을 쳐죽여라!"

사내들이 병기를 뽑아 들며 우 하고 달려들었다.

공야무륵이 주먹을 휘두르며 발을 쳐들어서 가장 먼저 달려든 두 사내의 턱을 날리고 배를 걷어찼다. 그리고 앞으로 한 걸음 나서며 그 뒤를 따르던 사내의 사타구니를 걷어 올렸다.

"컥!"

"으악!"

사내들의 비명이 메아리쳤다.

공야무륵은 그사이 연이어 주먹을 써서 단번에 서너 명의 사내들을 때려눕혔다.

사내들은 제법 수준급의 무공을 익힌 것 같았으나, 그 누구도 공야무륵의 손을 막거나 피하지 못하고 거의 동시에 바닥에 엎어지거나 나뒹굴었다.

그 순간에 공야무륵은 지상을 박차고 솟구쳤다.

한 마리의 매처럼 날아올랐다가 거의 수직으로 떨어져 내리는 그의 손에는 이미 한 자루 도끼가 들려 있었다.

도끼가 하진의 머리 중앙 정수리를 내리쳤다.

하진은 기겁하는 와중에도 본능처럼 칼을 쳐들어서 방어에 나섰으나 소용없었다.

공야무륵의 도끼는 하진이 쳐든 칼마저 박살 내며 하진의 머리를 수박처럼 박살 내 버렸다.

퍽ㅡ!

섬뜩한 소음이 울리며 붉은 피와 허연 뇌수가 사방으로 비산했다.

머리를 잃은 하진의 몸뚱이가 속절없이 두 팔을 허우적거리다가 바닥으로 쓰러졌다.

"지, 진짜다!"

누군가 경악했다.

공야무륵의 무위를 보고 설무백이 가짜가 아니라 진짜라고 생각하는 것이다.

저벅저벅ㅡ!

설무백은 무심하게 그런 사내들 사이를 가로질렀다.

장내에는 싸움에 나서지 않아서 멀쩡한 사내들도 아직 적지 않았으나, 그들은 감히 덤벼들 생각을 하지 못한 채 그저 바라만 보고 있었다.

저택의 대문 안으로 들어선 설무백은 지근거리에 얼어붙어 있는 사내 하나에게 시선을 주며 말했다.

"신이립에게 안내해라."

안내는 필요 없었다.

설무백이 대문을 막 들어서면 나오는 넓은 정원 가운데를 지나며 눈에 들어오는 건물들을 살피는 사이, 정면의 건물에서 일단의 무리가 우르르 쏟아져 나왔다.

간발의 차이를 두고 좌우측면의 건물 뒤편에서도 다수의 사내들이 모습을 드러내고 있었다.

하나같이 도검으로 무장한 무사들이었다.

설무백은 정면의 건물에서 쏟아져 나오는 사내들을 선두에서 이끄는 노인의 행색이 녹산예에게 들은 황금왕 신이립과 동일한 진황색 장포임을 확인하며 실소했다.

"이거 너무 노골적이네."

아무런 은원 관계가 없는 사람이 만나기를 기피하는 것만도 의심스러운 참이다.

그런데 이렇게 대놓고 적대를 하다니, 어떻게 생각해도 뒤가 구린 자의 행동이 아닌가 말이다.

"바보네요."

녹산예의 말이었다.

설무백 등이 슬쩍 바라보자, 그녀가 웃는 낯으로 부연했다.

"중원무림의 모든 문파가 주군을 경외시하고 있어요. 조금 과장해서 작금의 중원무림에는 사신 주의보가 내려진 상태에요. 어떤 문파는 어떻게든 인연을 만들어서 가깝게 지내려고 애쓰고, 또 다른 어떤 문파는 두려워서 가까이 하지 않으려고 회피하는 데 전력을 다하고 있지요. 그걸 절대 모르지 않을 위인인데, 대체 이게 지금 뭐 하는 짓인지 모르겠네요."

흑천신이 말을 받았다.

"아직 진짜라는 것을 믿지 못하는 모양이지."

녹산예가 미간을 찌푸리며 반론을 폈다.

"그런 것치고는 대우가 너무 화려한 걸요? 황금왕이 직접 나서고 있잖아요?"

흑천신이 멋쩍게 입맛을 다시며 수긍했다.

"그러고 보니 또 그러네?"

설무백은 두 사람의 대화를 흘려들으며 처음에는 우르르 몰려나왔으나, 이내 느긋함을 가장하며 천천히 다가오고 있는 진황색 장포의 노인을 살펴보았다.

실제 나이는 일흔을 넘겼다고 들었는데, 겉보기로는 오십 대로 보였고, 하얀 얼굴과 가는 수염, 청수한 인상의 얼굴로 인해 상인이라기보다는 유생으로 보이는 노인이었다.

하지만 그럼에도 불구하고 상당한 수양을 쌓은 사람처럼 강인한 인상이기도 했다.

진황색의 엄정한 의복과 단정하게 말아 올려서 벽옥(碧玉) 동곳으로 고정한 새하얀 머리카락이 귀품(貴品)을 더해 주는 가운데, 한때는 미남 소리를 들었다 싶게 반듯이 뻗은 콧마루와 단정한 입술, 심현한 두 눈의 조화가 깊은 모순적이게도 호수처럼 고요하면서도 험산준령처럼 삼엄하나 기상을 동시에 느끼게 하는 노인, 그런 사람이 바로 거인상련의 총수 황금왕 신이립이었다.

'세상에는 황하의 모래알만큼이나 많은 기인이사(奇人異士)가 살고 있다더니……!'

설무백은 실로 의외의 인물인 신이립의 첫인상에 입맛이 썼다.

신이립의 선악을 구분하기에 앞서 천공수의 안위가 걱정되어서 그랬다.

이 정도 인물이라면 어떤 식으로든 천공수를 곤경에 처하게 만들 수 있겠다는 생각이 들었다.

흑천신도 그와 같은 생각이 드는 모양이었다.

잔잔했던 그의 기도가 거친 파도처럼 삼엄하게 변하고 있었다.

"그래도 나서지는 마요."

흑천신이 예리하게 알아듣고는 머쓱하게 웃었다.

그사이 무사들의 무리를 이끌고 지근거리로 다가온 황금왕

진이립이 그들을 두루 살펴보다가 설무백에게 시선을 고정하며 물었다.

"그대는 누구고, 대체 무슨 일로 본가를 찾아와서 이런 행패를 부리는 겐가?"

설무백은 이미 예의를 지키는 것은 물 건너갔다고 생각했기 때문에 대답을 회피하며 단도직입적으로 물었다.

"천공수라는 분을 아시오?"

신이립이 미간을 찌푸리며 대답했다.

"알지. 내 오랜 친우일세."

"친우……?"

설무백은 어리둥절했다.

사형 천공수와 신이립이 친구라는 말은 들어 본 적이 없었다.

'그러고 보니……?'

아까 대문에서 공야무륵의 손에 죽은 하진도 천공수를 두고 '그 어른'이라 했었다.

그때는 그저 하는 말이라고 생각하며 넘어갔는데, 이제 보니 그게 아닐 수도 있다는 생각이 들었다.

"……."

설무백은 혹시나 하는 마음에 슬쩍 고개를 돌려서 흑천신을 바라보았다.

흑천신이 무색한 표정으로 어깨를 으쓱했다.

그도 아는 바가 전혀 없는 것이다.

잠시 마음을 다스린 설무백은 보다 깊어진 눈빛으로 신이립의 시선을 마주하며 말했다.

"그분에게 들어 보지 못한 얘기라 무척이나 당황스럽군요. 어쨌거나, 본인은 그분, 천공수 어른의 사제인 설무백이라고 합니다."

"천 가의 사제인 설무백……?"

이번에는 신이립이 앞선 설무백의 얼굴과 같은 표정을 지으며 고개를 갸웃했다.

"나 역시 당황스럽구려. 그 친구에게 사제가 있다는 얘기는 한 번도 들어 본 적이 없는데, 하물며 설무백이라……?"

신이립이 매우 황당스럽다는 표정으로 새삼스럽게 설무백을 찬찬히 뜯어보며 재우쳐 물었다.

"혹시 지금 귀하가 내가 아는 그 설무백, 풍잔의 주인인 사신 설무백이라는 거요?"

설무백은 자신이 설무백이고, 천공수의 사제라는 것을 밝혔을 때, 신이립의 뒤에 서 있는 사내들 중 하나인 날카로운 눈매의 흑의중년인이 흠칫하며 눈동자를 굴리는 것을 놓치지 않았다.

하지만 그는 일단 내색을 삼가며 신이립의 질문에 대답했다.

"그렇습니다."

신이립이 놀라워했다.

"놀랍구려. 다시 말하지만 천 가, 그 친구에게 한 번도 그런 얘기를 들어 본 적이 없어서 말이오."

설무백은 은근히 꼬집었다.

"그 정도로 친하진 않은 모양이지요."

신이립이 속내를 모르게 웃으며 고개를 끄덕였다.

"그럴 수도 있겠소."

그리고 재우쳐 물었다.

"아무려나, 이제 귀하가 누군지는 알겠소만, 그래 무슨 일로 본가를 찾아온 것이오?"

설무백은 거두절미하고 사정을 말했다.

"천 사형께서 얼마 전 이곳을, 정확히는 거인상련을 방문하겠다면 출타했는데, 아직까지 소식이 없다고 해서, 혹시나 하고 이렇게 찾아왔습니다."

신이립이 어리둥절한 표정으로 두 눈을 멀뚱거렸다.

"아니, 그게 대체 무슨 말이오? 천 가, 그 친구가 나를 만나러 오긴 했지만, 용무를 끝내고 돌아간 지가 벌써 며칠이나 지났는데, 아직도 귀가하지 않았다는 거요?"

설무백은 쓰게 입맛을 다셨다.

신이립의 반응이 거짓이나 기만으로 보이지도, 느껴지지도 않았기 때문이다.

그때 신이립이 뒤를 돌아보며 물었다.

"아, 그때 허(許) 대주, 자네가 샛길까지 배웅했지 아마?"

신이립이 시선을 주며 질문한 사람은 조금 전 심상치 않은 기색을 드러낸 흑의중년인이었다.

그 흑의중년인 허 대주가 슬쩍 고개를 숙이며 대답했다.

"아니, 저는 문밖에서 헤어졌고, 장(張) 대인이 배웅한 것으로 압니다."

"그래……?"

신이립이 대수롭지 않게 수긍하며 물었다.

"장 대인은 지금 어디에 있나?"

"아, 그게……!"

허 대주가, 바로 신이립의 친위대라는 거검대의 대주 허완숙(許緩潚)이 바로 대답하지 못하고 있다가 갑자기 두 눈을 빛냈다.

"마침 저기 오네요."

설무백은 이미 누군가 뒤쪽에서 다가오고 있음을 알아채고 있었기 때문에 태연히 고개를 돌려서 확인했다.

수십 명의 사내들을 거느린 비대한 몸집의 뚱보 노인 하나가 대문 안으로 들어서고 있었다.

설무백은 첫눈에 뚱보노인의 정체를 알아보았다.

거인상련이 거느린 최고의 무력이라는 거인당의 당주 장위보(張威保)였다.

사정을 전해 듣고 부리나케 달려왔는지, 그 뚱보노인 장위보가 멧돼지처럼 씩씩거리며, 그러면서도 다른 한편으로 설무백 등을 경계하며 다가와서 신이립을 향해 물었다.

"무슨 일입니까, 총수?"

"아, 뭐, 별일 아니오."

신이립이 대충 대답하고는 재우쳐 말했다.

"그보다 때마침 잘 왔소, 장 대인. 일전에 천 가 친구가 왔다가 돌아갈 때, 그 친구를 동구 밖 샛길까지 배웅한 사람이 장 대인이지요?"

장위보가 어리둥절해하는 모습으로 대답했다.

"예, 그렇습니다만……? 왜 그러시죠?"

"다른 게 아니라……."

신이립이 적잖게 걱정스럽다는 표정으로 말했다.

"아, 글쎄 그 친구가 아직 귀가를 하지 않았다는구려. 혹시 그때 그 친구에게 무슨 다른 얘기 들은 거 없소?"

장위보가 고개를 저었다.

"아니요. 다른 얘기는커녕 대화조차 나누지 않았습니다. 뭐가 그리 바쁜지, 그분이 워낙 발길을 서둘러서 말입니다."

신이립이 묵묵히 고개를 끄덕이고는 설무백에게 시선을 주며 말했다.

"그렇다는구려."

설무백은 대수롭지 않게 신이립의 말을 흘려들으며 밑도 끝도 없이 불쑥 물었다.

"혹시 저 사람, 장 대인의 거처가 어디고, 여기 이곳과 얼마나 떨어져 있는지 아십니까?"

신이립이 갑자기 그게 무슨 말이냐는 표정을 지으면서도 대답은 했다.

"장 대인은 우리 거인상련의 총단의 경계와 호위를 책임지는 사람이라 총단에 거처를 두고 있소. 그리고 총단은 중문대로와 가까우니, 여기까지는 대략 사십오 리 정도이오."

설무백은 무덤덤함을 가장한 목소리로 말을 받았다.

"거인상련의 조직력이 참으로 대단하군요. 게다가……."

비웃듯이 웃는 그의 얼굴이 장위보 등에게 돌려졌다.

"저들의 무위도 타의 추종을 불허할 정도로 경천동지하고 말입니다. 불과 반각도 되지 않아서 여기 일이 저들에게 전해졌고, 저들은 불과 그 반각 만에 여기 도착했으니 말입니다."

신이립의 안색이 변했다.

"지금 무슨 말을 하고 싶은 것이오?"

설무백은 태연하게 반문했다.

"이미 알고 계시지 않습니까?"

"……!"

신이립이 슬쩍 장위보를 바라보았다.

장위보가 다급히 말했다.

"오해 마십시오, 총수! 마침 근처를 수색하던 중이었습니다! 범상치 않은 자들이 서문을 통해서 성내로 진입하는 것을 목도했다는 수하들의 보고가 있었습니다!"

싸늘하게 변한 신이립의 시선이 설무백에게 돌려졌다.

설무백은 이제야말로 대놓고 비웃어 주었다.

"거인상련은 정말 대단한 정보력을 가졌군요. 남문을 통해서 성내로 들어온 사람을 서문을 통해서 성내로 들어온 것으로 목도하다니 말입니다."

신이립이 장위보를 옹호했다.

"귀하들이 아니라 다른 자들이 성내로 입성한 것을 보고받았을 수도 있지 않겠소."

설무백은 웃는 낯으로 말했다.

"이해합니다. 난생 처음 보는 저보다야 충직한 수하의 말을 믿는 게 옳지요. 단!"

그는 안색을 굳히며 다시 말했다.

"아시겠지만 지금의 사태는 아주 명확합니다. 제가 아니면 저들이 거짓을 말하고 있지요. 그리고 또한 아시겠지만, 이런 종류의 일이란 어차피 피를 보기 전에는 해결되지 않지요."

신이립이 싸늘해져서 물었다.

"지금 본인을 협박하는 것이오?"

설무백은 어디까지나 태연하게 말을 받았다.

"그게 아니라 제게 잠시만 시간을 주십사 말하려던 참이었습니다."

"시간을 달라?"

"반각, 아니, 그 반에 반이면 충분합니다."

신이립이 복잡 미묘하게 엉킨 감정이 고스란히 드러난 눈빛으로 잠시 뜸을 들이다가 이내 상인답게 물었다.

"그것으로 내가 얻을 것이 뭐요?"

설무백은 있는 그대로 솔직하게 대답해 주었다.

"거인상련을 지킬 수 있습니다."

"이게 진짜 협박인 건가?"

반문하는 신이립의 목소리는 냉담했다.

가늘게 좁혀진 그의 눈가에는 이미 더 할 수 없이 싸늘한 기운이 서려 있었다.

설무백의 솔직한 제안에 수긍이 아니라 반감을 가지는 모습이었다.

아나나 다를까, 그는 곧바로 싸늘한 눈빛으로 설무백을 노려보며 한마디 더했다.

"본인은 상인이고, 상인은 흥정이나 거래는 해도 협박에 넘어가지는 않소만?"

와중에도 명백한 거절이라기보다는 상인답게 다른 제안을 유도하려는 흥정이었다.

그러나 설무백의 마음은 확고했다.

"저는 지금 최대한의 예의를 다하고 있습니다. 총수께서 천사형의 친우라는 말을 들었기 때문이지요. 해서, 마지막으로 한 번만 더 묻겠습니다."

잠시 말을 끊은 그는 그 누구도 제대로 파악할 수 없는 심현한 눈빛으로 신이립의 시선을 마주하며 재우쳐 물었다.

"지금 제가 다른 누구에게 협박이나 할 정도로 나약해 보입니까?"

신이립의 눈가가 실룩거렸다. 말문이 막힌 듯 굳게 닫힌 입술은 파르르 경련을 일으키고 있었다.

상인이면서 무인이라는 사람답게 경고의 의미로 끌어 올린 설무백의 기도와 기상을 대번에 간파한 것이다.

다른 사람들도 그와 같은 그의 변화를 감지한 모양이었다.

그리고 그것이 가져올 심경의 변화가 두려운 것 같았다.

바로 신이립의 뒤에 서 있던 거검대의 대주 허완숙이 그랬다.

허완숙의 눈빛이 갑자기 바뀌었다.

설무백은 예리하게 그것을 알아챘고, 자신의 뒤에서 누군가가 살기를 드러냈다는 사실도 인지했으나, 그 어떤 반응도 하지 않고 그대로 서 있었다.

다들 그가 나설 정도로 위협적인 자들이 아니었다.

어른 아이가 작대기를 쳐들었다고 해서 어른이 칼을 뽑아 들 수는 없는 것이다.

그때 그의 뒤쪽에 서 있던 거인당의 당주 장위보가 아무런 예고 동작도 없이, 낌새도 없이 미끄러져 들어오며 순간적으로 뽑아 든 칼을 휘둘렀다.

쐐애액-!

설무백의 뒷등을 노리는 일격이었다.

비대한 몸집을 감안하면 실로 상상하기 어려울 정도로 쾌속한 공격이었다.

설무백은 그 순간까지도 상황을 전혀 인지하지 못한 것처럼 그대로 서서 경악하는 신이립의 시선을 태연히 마주했다.

대신 공야무륵이 움직였다.

깡-!

어느새 뽑아 든 공야무륵의 도끼가 설무백의 뒷등을 노리는 장위보의 칼을 쳐 냈다.

"윽!"

장위보가 억눌린 신음을 흘리며 물러났다.

강하게 튕겨 나가는 칼을 놓치지 않고 바로잡으려니 물러날 수밖에 없었다.

공야무륵이 의외라는 표정으로 미간을 찌푸리며 그런 장위보를 향해 뚜벅뚜벅 다가섰다.

장위보가 발작적으로 외쳤다.

"쳐라!"

신이립이 반사적으로 소리쳤다.

"멈춰라!"

장위보가 대동한 거인당의 사내들은 대략 삼십여 명이었다.

그들, 대부분이 신이립의 명령을 듣지 않았다.

고작 서너 명만이 당황하며 우물쭈물 서서 눈치를 보았을 뿐, 나머지 삼십 명가량이 일제히 칼을 뽑아 들며 공야무륵을 공격했다.

공야무륵이 기다리고 있었던 것처럼 발을 앞으로 내밀어서 미끄러지며 쇄도하는 사내들 사이로 파고들었다.

카가각─!

순식간에 서너 개의 머리가 허공으로 떠올랐다.

그 뒤로 섬뜩한 파열음이 이어졌다.

퍼벅─!

붉은 피와 허연 뇌수가 사방으로 비산하고 있었다.

공야무륵이 휘두른 도끼에 대여섯 명의 머리가 수박처럼 터져 나간 것이다.

그제야 사내들 중 누군가가 공야무륵을 알아보았다.

"새, 생사부(生死斧)! 생사집혼이다!"

개떼처럼 우르르 달려들던 사내들이 공포에 질린 모습으로 다급하게 물러났다.

순식간에 머리가 잘려진 목들의 하얗게 질린 살덩이 사이로 붉은 핏물이 분수처럼 솟구치고, 그 뒤를 따라서 대여섯 머리가 절구로 내려친 수박처럼 산산이 깨져 나가는 모습은 비현실로 보기에는 너무도 선명한 현실이라 가히 그들, 모두에게 강렬한 충격과 공포를 심어 주기에 충분하고도 남음이 있었던 것이다.

"익!"

장위보는 그 충격과 공포를 이겨 내고 달려들며 공야무륵을 향해 칼을 휘둘렀다.

아니, 어쩌면 충격과 공포를 이기지 못해서 달려든 것인지도 몰랐다.

하지만 그는 최근 비약을 거듭해서 경지를 이룬 공야무륵의 상대가 아니었다.

휘릭-!

공야무륵은 슬쩍 상체를 비트는 것으로 가볍게 칼날을 피하며 도끼를 휘둘러서 앞으로 내밀어진 장위보의 한쪽 무릎을 부숴 버렸다.

"으아아악⋯⋯!"

돼지 멱따는 듯한 비명이 울려 퍼졌다.

디딤발을 잃어버린 장위보가 속절없이 앞으로 고꾸라지며 바닥에 처박히고 있었다.

공야무륵이 그런 그의 등을 발로 밟아서 제압했다.

죽일 수 있었으나, 죽이지 않고 생포한 것이다.

그 상태로 그는 핏물이 뚝뚝 떨어지는 도끼를 늘어트린 채 주변을 훑어보았다.

살인의 여파로 붉어진 그의 눈빛이 더 이상 반항할 의지도, 생각도 잃어버린 거인당의 사내들을 몸서리치게 만들었다.

그들 모두가 기겁하며 수중의 칼을 내던지는 것으로 항복 의사를 밝히고 있었다.

공야무륵이 싸늘하게 일갈했다.

"다들 그 자리에서 꿇어!"

거인당의 사내들이 다들 그 자리에서 무릎을 꿇었다.

공야무륵이 그제야 고개를 돌려서 설무백에게 시선을 주었다.

설무백은 묵묵히 고개를 끄덕이며 시선을 돌려서 신이립의 시선을 마주했다.

"잘한 겁니다."

공야무륵이 도끼를 휘둘러서 피를 보았을 때, 신이립도 나서려고 했었다.

눈빛의 변화와 전방으로 쏠리는 근육의 움직임으로 설무백은 그것을 알 수 있었다.

비록 자신의 명령을 듣지 않는 수하들이지만, 타인의 손에 죽는 것은 그대로 볼 수 없었던 것인데, 설무백의 의미심장한 눈빛이 그의 행동을 막았던 것이다.

신이립이 다른 대답 없이 불쑥 물었다.

"저들이 나 몰라 다른 모략을 꾸미고 있다는 사실을 어떻게 알았소?"

설무백은 솔직하게 대답했다.

"처음에는 몰랐습니다. 그러다가 저들의 행동이 수상했고, 다시 생각해 보니 총수께서 직접 나선 것이 이상해서 심중을 굳혔지요."

신이립이 이해할 수 없다는 표정을 지었다.

"내가 나서서 심중을 굳혔다?"

설무백은 도리어 물었다.

"약간의 소란일 뿐인데, 이렇듯 몸소 나선 이유가 뭡니까?"

신이립이 잠시 쓰게 웃으며 뜸을 들이다가 대답했다.

"사소한 일이긴 하지만, 전부터 조금씩 뜻에 어긋나는 일이 있었소. 오늘 내가 굳이 나선 것은 그 때문이오. 다른 생각은 없었고, 그저 사소한 것부터 바로잡기 위해서 말이오."

설무백은 충분히 그럴 수 있다는 생각이 들어서 묵묵히 고개를 끄덕이다가 조용히 물었다.

"직접 추궁하시겠습니까?"

신이립이 쓰게 웃으며 고개를 저었다.

"내가 시작한 일이 아니질 않소. 시작한 사람이 끝을 보는 것이 도리라고 생각하오."

설무백은 정중히 공수했다.

"그럼 잠시 실례를……!"

말이 끝나기 무섭게 공수를 푼 그는 즉시 손을 내밀었다.

신이립은 일순 의아한 눈빛을 드러냈을 뿐, 그대로 가만히 서 있었다.

설무백의 손이 그의 측면으로 뻗어졌던 것인데, 동시에 그의 뒤에 시립해 있던 거검대의 대주 허완숙이 헛바람을 삼키며 주룩 달려 나와서 설무백의 손아귀에 자신의 목을 들이밀었다.

정말로 다른 사람들의 눈에는 그렇게 보였다.

물론 사실은 설무백이 고도의 허공섭물로 당겨서 목을 움켜잡은 것이었다.

"이, 이게 대체…… 컥!"

허완숙이 악을 쓰다가 이내 숨이 막혀서 붉게 변한 얼굴로 사지를 버둥거렸다.

설무백이 그의 목을 틀어잡은 상태로 버쩍 손을 들어 올렸던 것이다.

설무백은 그렇듯 가볍게 허완숙을 들어 올린 상태로 녹산예에게 시선을 주며 물었다.

"둘 다 평범한 애들은 아닌 것 같은데, 얘는 누구고 쟤는 또 누구냐?"

녹산예가 기다렸다는 듯 허완숙과 장위보를 차례대로 쳐다보며 대답했다.

"아까부터 따져 보고 있었는데, 아마 얘는 과거 호남성 북서부인 용산(龍山) 일대에서 잘나가던 용산삼귀(龍山三鬼)의 대형인 독각귀(禿角鬼)이고, 쟤는 예전에 동정호 일대에서 무리를 규합해 수적질을 하다가 선을 넘는 추태를 일삼는 바람에 장강수로십팔타에게 쫓겨난 장강칠어(長江七漁)의 둘째인 삼색교어(三色鮫魚) 같아요. 원래 이름은 허숙(許潚)과 장보(張保)고요."

소위 악행을 일삼던 전대의 거마가 분에 넘치는 죄를 짓고 쫓기다가 이름을 바꾼 채 숨어 살고 있었다는 흔하디흔한 얘기였다.

"음."

설무백은 자신도 모르게 침음을 흘렸다.

다른 사람에게는 몰라도 지금의 그에게는 지금 이것이 의미하는 바가 적지 않았다.

세상을 어지럽히는 자들은 마교만이 아니라는 사실이 그것이었다.

마교가 일으킨 전대미문의 환란 속에서도 여전히 세상을 좀먹는 자들이 존재하고 있었다.

전혀 새삼스러울 것도 없는, 어쩌면 당연한 세상의 이치일수도 있는 것이 설무백의 마음에 미묘한 파동을 일으켰다.

마교를 제거하면 세상은 정말로 평화를 되찾게 되는 것일까?

혹시나 마교가 사라진 자리를 또 다른 무리가 차지하고 나서지는 않을까?

머리가 복잡해졌다.

오만가지 생각이 실타래처럼 꼬였다.

"무슨 다른 의문이라도……?"

녹산예가 그의 눈치를 보고 있었다.

설무백은 애써 상념의 늪에서 발을 뺐다. 그리고 또한 애써 내색을 삼가며 그녀에게 시선을 주었다.

"그럼 이자들 말고 다른 자들이 더 있다는 얘기네?"

"아니요."

녹산예가 고개를 저으며 부연했다.

"그게 벌써 삼십 년도 더 지난 얘기예요. 그동안 쫓기고 쫓기다가 다 죽고, 저자들만 남았다는 뜻이죠. 아니, 정확히는 다 죽었다고 알려졌는데, 이자들은 죽지 않고 살아서 이렇게 숨어 살고 있었던 거죠. 그보다……!"

그녀가 설무백의 손아귀에 목줄이 잡혀 있는 허완숙을, 바로 삼색교어 허숙을 가리키며 다시 말했다.

"그러다가 걔도 금방 죽겠는 걸요?"

사실이었다.

허숙의 얼굴은 붉다 못해 시커멓게 변해 있었다.

설무백이 녹산예의 얘기를 듣는 동안에도 계속 그의 목을 조르고 있었던 것이다.

설무백은 슬쩍 손아귀의 힘을 뺐다.

"푸아……!"

허숙이 막혔던 숨을 몰아쉬었다.

설무백은 그게 아랑곳하지 않고 슬쩍 고개를 돌려서 신이립을 바라보며 물었다.

"물론 몰랐겠죠?"

신이립이 쓰게 입맛을 다시며 대답했다.

"그야말로 유구무언(有口無言), 입이 열 개라도 할 말이 없겠소이다그려."

"그 말 믿어야겠지요?"

"믿지 않아도 할 말이 없소이다."

"믿지요."

설무백은 짧게 대꾸하며 피식 웃었다.

그는 이내 고개를 돌려 수중의 허숙과 공야무륵의 발에 밟힌 채로 엎드려 있는 장위보, 바로 독각귀 장보를 번갈아 보았다.

허숙과 장보가 불안에 떨며 그의 눈치를 보았다.

그는 어디까지나 무심하게 그들을 쳐다보며 말했다.

"먼저 솔직하게 대답한 사람만 살려 주겠다. 내가 찾는 천공수, 천 사형은 지금 어디에 계시지?"

"그, 그게……!"

장보는 망설였으나, 허숙은 망설이지 않았다.

"서문 밖의 장양산(藏釀山)이오! 거기 남쪽 기슭의 계곡에 있는 동굴에 있소!"

다급한 표정이던 장보의 눈이 커졌다.

설무백은 그제야 장보가 망설인 것이 아니라 말을 더듬은 것임을 알 수 있었다.

공야무륵의 도끼가 그 순간에 장보의 목을 쳤다.

폭풍전야暴風前夜 (3)

"살아 계시겠지?"

장보의 머리가 바닥에 떨어져 구르는 순간에 허숙의 목을 풀어 준 설무백의 추궁이었다.

사실을 말하자면 가장 먼저 묻고 싶은 말이었으나, 혹시나 하는 불안한 마음에 감히 먼저 묻지 못하고 이제야 묻는 것이었다.

허숙은 다리가 풀린 듯 그대로 주저앉는 와중에도 설무백의 목소리에 서린 진한 살기를 느낀 것 같았다.

새파랗게 질린 얼굴로 부르르 떨며 말을 더듬었다.

"사, 살아 있소!"

설무백은 내심 안도하면서도 못내 한 번 더 확인하려 들었다.

"만에 하나……!"

"살아 있을 거요."

신이립이 불쑥 그의 말을 끊으며 나섰다.

"저들이 어떻게 그 친구를 제압했는지 모르겠으나, 그 친구는 그리 쉽게 자신의 물건을 빼앗기거나 내줄 사람이 아니니까."

무언가 내막을 품은 말이었다.

설무백은 바로 그것을 인지하며 신이립을 바라보았다.

설명을 요구하는 눈빛이었다.

신이립이 설명했다.

"내가 그 친구를 부른 것은 맡길 물건이 있었기 때문이오."

마교의 발호 이후부터 중원의 모든 상권은 심하게 추락했다.

소규모 상련은 문을 닫는 경우가 허다했고, 어지간한 규모를 갖춘 상련도 손해가 막심해서 크게 휘청거렸다.

강남 상권의 오 할을 지배한다고 알려진 거인상련도 그 범주를 크게 벗어나지 못했다.

마교는 차치하고, 어지러운 세상을 틈타서 일어난 크고 작은 도적들이 판을 치는 바람에 상품의 수급과 공급이 제대로 이루어지지 않는 상황이라 연일 적자에 허덕이고 있었다.

게다가 그들은 전에 없던 한 가지 악재로 인해 더욱 고전을 면치 못했다.

새로운 황제가 단행한 천도, 도읍이 남경에서 북경으로 옮겨진 것이 바로 그것이었다.

결국 신이립은 버티다 못해 결단을 내렸다.

자신의 가문에서 대를 물려 보관하던 가보(家寶)들을 내다팔기로 결정한 것이다.

"하면……?"

신이립의 설명을 들은 설무백은 다른 무엇보다도 먼저 확인했다.

"천 사형의 진정한 신분을 알고 있었다는 소립니까?"

흑점을 염두에 두고 하는 소리였다.

신이립이 가볍게 고개를 끄덕이고는 허숙은 물론, 주변의 수하들을 둘러보며 대답했다.

"나뿐이오. 다른 이들은 모르오."

설무백은 묵묵히 고개를 끄덕였다.

사실일 것이다.

천공수가 흑점의 요인이라는 사실을 알았다면 제아무리 황금에 눈이 멀었어도 선뜻 이런 만행을 저지르진 못했을 터였다.

강호무림에 사는 사람이라면 은혜는 열 배로 갚아도 원한은 백 배, 천 배로 돌려주는 검은 상인의 집단, 흑점의 지독함을 절대 모르지 않을 테니까.

"그러니 이건 내 잘못이오. 상권을 지켜야 한다는 조급한 마음에 제대로 신분을 확인하지 않고 저들을 거둔 것도, 남몰래 서둘러 일을 처리한답시고 그 친구를 이곳으로 부른 것도……!"

"나머지 얘기는 다녀와서 듣도록 하지요."

설무백은 정중히 신이립의 말을 자르며 눈치를 보고 있는 허숙을 향해 차갑게 말했다.

"앞장서라!"

"아, 예."

허숙이 얼떨결에 존칭까지 써 가며 재빨리 일어나서 앞장섰다.

설무백은 그런 허숙의 뒷덜미를 잡아채며 흑천신과 공야무륵 등에게 말했다.

"금방 다녀올 테니, 기다리세요. 너희들은 여기 정리를 도와드리도록 하고!"

흑천신과 공야무륵 등이 대답할 사이도 없이 설무백이 허숙을 잡은 채로 솟구쳐 올라서 비상했다.

"으헉!"

허숙이 기겁하며 헛바람을 삼켰다.

그로서는 감히 상상도 하지 못할 속도인 것이다.

설무백은 그에 아랑곳하지 않고 싸늘하게 말했다.

"살고 싶으면 두 눈 똑바로 뜨고 방향을 얘기해라! 어느 쪽이냐?"

허숙이 다급히 대답했다.

"우, 우측이오!"

설무백은 바로 신형을 틀었다.

그의 신형이 우측으로 선회해서 짙게 깔린 구름 아래를 가로질렀다. 시위를 떠난 화살처럼 새보다 빠른 비행이었다.

그들의 발 아래로 도심의 거리와 건물이 흐린 잔영으로 변해서 지나가고 있었다.

그리고 한순간이었다.

"저, 저기······!"

설무백의 손에 대롱대롱 매달린 채로 거칠게 쏟아지는 맞바람에 눈물을 흘리던 허숙이 소리쳤다.

"저 능선 아래요!"

설무백은 먹이를 노리는 매처럼, 아니, 그보다 빠른 빗살처럼 사선으로 하강했다.

"으아아······!"

허숙이 새삼 놀라서 비명을 내질렀다.

설무백은 그 순간에 허숙이 가리킨 능선 아래, 비탈진 산기슭으로 내려가서 한순간에 속도를 줄이며 사뿐히 착지했다.

간발의 차이로 뒤를 따라온 철면신은 땅이 울리는 소리를 내며 그들의 곁에 내려서고 있었다.

"우에엑!"

허숙이 와중에 더는 참지 못하고 새우처럼 허리를 접으며 토악질을 해댔다. 생전 처음 경험해 보는 가공할 속도에 속이 뒤집어지는 멀미가 일어난 것이다.

그때 산기슭을 저편, 크게 휘어진 길목에서 날카로운 경호성이 들려왔다.

"웬 놈들이냐?"

설무백은 지상으로 내려서기 전부터 그쪽 방향에 사람의 기척이 있음을 감지하고 있었기 때문에 별반 놀라지도, 당황하지도 않고 무심하게 상대를 확인했다.

험악하게 생긴 두 명의 사내가 휘어진 길목을 돌아 나오고 있었다.

설무백은 슬쩍 그 사내들을 일별하며 이제 막 구역질을 끝낸 허숙의 뒷덜미를 당겨서 일으켰다.

"저쪽인가?"

허숙이 구토로 지저분한 입을 닦을 사이도 없이 고개가 쳐들려서 대답했다.

"그, 그렇소."

"지키는 놈이 몇 놈이지?"

"그, 그건 나도 모르오."

설무백은 눈에 힘을 주었다.

"죽고 싶어?"

천박할 정도로 직접적인 위협이었다.

대부분의 사람은 그래서 진심이 아니라 단순한 위협이나 협박으로 듣는 것이 보통이지만, 허숙은 달랐다.

이미 공야무륵의 잔혹무비한 손속과 설무백의 가없는 무위를 몸소 겪은 그는 그야말로 화들짝 놀라며 대답했다.

"저, 정말이오! 장 대인이 고용한 자들이라 나는 별로 아는 것이 없소!"

설무백은 거짓으로 들리지 않아서 쓰게 입맛을 다셨다.

그때!

"허 대주……?"

지근거리로 다가선 두 사내가 허숙을 알아보더니, 발작적으로 칼을 뽑아 들었다.

허숙이 지금 어떤 상태인지 인지한 것이다.

설무백은 대수롭지 않게 쳐든 손으로, 정확히는 집게손가락으로 사내들을 가리켰다.

피슉─!

섬광이 명멸하며 한 번인 듯 두 번인 예리한 파공음이 울렸다.

칼을 뽑아 들고 경계하던 두 사내의 이마에 붉은 구멍이 뚫리고 뒤통수로 피 화살이 뿜어진 것도 그와 동시에 벌어진 일이었다.

무극지였다.

두 사내가 속절없이 뒤로 쓰러지는 가운데, 설무백은 허숙의 엉덩이를 걷어찼다.

"앞장 서!"

허숙이 토사물이 묻은 입술을 대충 소매로 닦으며 앞장섰다.

두 사내가 모습을 드러냈던 길을 한 굽이 돌아가자 수풀로 우거진 계곡이 시작되었다. 그리고 거기 초입에 다시 또 두 사내가 서성거리고 있다가 허숙을 알아보았다.

"허 대주가 이 시간에 어쩐 일로……?"

설무백은 앞서처럼 아무렇지도 않게 손을 들어서 두 사내를 가리켰다.

피슝—!

번뜩이는 섬광 아래 무극지가 발사되고, 계곡의 입구를 지키던 두 사내는 앞서 길목을 지키던 두 사내처럼 그 어떤 반항도 하지 못한 채 머리에 구멍이 뚫려서 죽었다.

허숙이 기가 질린 표정으로 그들의 주검을 지나쳐서 계곡으로 들어서서 한쪽 방향을 가리켰다.

"저, 저기……!"

계곡의 초입을 막 지난 장소였다.

우거진 수풀 사이로 동굴 하나가 자리 잡고 있었다.

"따라와!"

설무백은 거침없이 성큼 동굴로 들어섰다.

동굴은 두 사람이 어깨를 나란히 하고 걸을 수 있을 정도로 제법 크고 넓었고, 별다른 굴곡 없이 아래로 내려가는 형태로 길게 뻗어져 있었다.

그런 동굴을 대략 십여 장가량 내려가자, 입구에서부터 서서히 어두워지던 동굴이 다시금 조금씩 밝아지는가 싶더니, 안쪽에서 인기척이 들려왔다.

"상칠(象七)이냐?"

설무백은 묵묵히 발길을 재촉했다.

밝아지고 있는 동굴의 끝이 보이지 않은 것은 동굴이 끝나기 직전에 호미처럼 굽어진 형태였기 때문이었다.

바로 그 모퉁이를 돌아서자, 몇 개의 등불을 밝혀 둔 서너 평가량의 공간이 나왔다.

안쪽의 벽이 철창으로 막힌 공간이었는데, 그 철창 앞에 옹기종기 둘러앉아서 무언가 음식을 먹고 있던 네 명의 사내가 태연히 모습을 드러낸 설무백을 보고 놀라서 벌떡 일어났다.

설무백은 사정을 두지 않고 무극지를 발사했다.

피슈슝-!

하나처럼 연결된 예리한 파공음 속에 네 명의 사내가 아무런 반항의 동작도 취하지 못한 채 이마에 구멍이 뚫려서 피 화살을 뿜어내며 죽어 버렸다.

설무백은 아무렇지도 않게 그들의 주검을 가로질러서 철창 앞으로 다가갔다.

그리고 안심했다.

굵은 철창 사이로 천공수가 보였다.

쇠사슬에 묶인 채로 낚시 바늘에 걸린 물고기처럼 대롱대롱 매달려 있는 천공수가 또렷한 눈빛으로 그의 시선을 마주하고 있었다.

"여기서 뭐해요?"

천공수가 그의 시선을 회피하며 탄식했다.

"에구, 쪽팔려!"

설무백이 천공수와 함께 신이립의 저택으로 돌아왔을 때, 신이립의 저택은 때 아닌 곡소리가 담장을 넘나들고 있었다.

수많은 사내들이 저택의 마당에 엎드려서 대가리를 박은 채로 신이립의 일장 훈시를 듣고 있었기 때문이다.

"자기기 직접 기강을 바로 잡는다며……."

대문가에서 기다리고 있던 공야무륵의 설명이었다.

그사이 대문 안으로 들어간 천공수를 보고 신이립이 뛰어와서 맞이했다.

"괜찮은가?"

천공수가 눈총을 주었다.

"조용히 해라. 거듭 쪽팔린다."

신이립이 이 말 한마디에 안심하는 표정으로 변해서 끌끌 혀를 찼다.

"하긴, 쪽팔리긴 하겠다. 그래, 고작 그따위 애송이에게 당해서 이런 사달이냐?"

천공수가 눈을 부라렸다.

"너도 어디 한번 산공독(散功毒)에 당해 볼래?"

그랬다.

천공수는 장위보가, 바로 전대의 거마인 독각귀 장보가 건네준 주호(酒壺)의 술에 섞인 산공독을 마시는 바람에 변변한 저항조차 못하고 속절없이 당했던 것이다.

"그 점은 미안하니, 내가 사과하고……."

신이립이 능청스럽게 웃으며 말문을 돌렸다.

"설마 그렇다고 내가 준 물건을 빼앗긴 건 아니지?"

천공수가 버럭 했다.

"내가 애냐? 그따위 졸자들에게 당한 것도 서러운데, 물건까지 빼앗길 것 같아?"

신이립이 픽, 하고 웃었다.

"들어가자. 산공독 섞이지 않은 술 줄게."

그는 웃는 낯으로 설무백에게 시선을 돌렸다.

"거기 그쪽도."

그리고 이내 삭막한 인상을 쓰며 마당에 대가리를 박고 있는 무사들을 향해 소리쳤다.

"너희들은 날이 샐 때까지 그대로 있어라! 물론 떠나고 싶은 놈은 떠나도 좋다!"

이제 고작 땅거미가 지는 초저녁이었다.

그 막막함에 질렸는지 여기저기서 끙끙거리는 소리가 높아졌다.

신이립이 돌아서다가 말고 그대로 서서 두 눈을 희번덕거렸다.

"지금 어떤 자식이 끙끙거리려는 거야? 조금 더 편하게 해 줄까?"

끙끙거리는 소리가 거짓말처럼 사라졌다.

신이립이 그제야 다시 설무백 등에게 시선을 주며 돌아섰다.

"들어갑시다."

설무백은 움직이지 않았다.

이제 더는 그가 나설 일이 없다고 생각했기 때문이다.

천공수가 그런 설무백의 소매를 잡아끌었다.

"같이 들어가세. 보여 줄 게 있어."

설무백은 마지못해 천공수가 이끄는 대로 신이립의 거처로 따라 들어갔다.

그리고 그 자리에서 새로운 기연과 조우했다.

그것은 천공수가 설무백과 함께 돌아오다가 외딴 산기슭의 바위 아래서 꺼내 온 작은 보따리 속에 들어 있었다.

천공수가 산공독에 당해서 쫓기는 와중에도 애써 남모르게 숨겨 놓았던 물건인 그것은 백색과 청색이 어우러진 한 자가량의 옥으로 섬세하게 깎아 놓은 사람의 형상, 바로 옥상(玉像)이었다.

맨발에 머리를 길게 늘어뜨린 학발동안(鶴髮童顔)의 모습으로 지그시 눈을 감은 채 왼손에는 죽간(竹簡)을 쥐고 오른손에는 불장(佛杖)을 들고 있어서 선도를 추구하는 도가의 신선(神仙)처럼도 보이고, 득도를 위해 고뇌하는 불가의 선승(禪僧)처럼도 보이는 그 신비한 모습의 옥상을 천공수는 설무백에게 내밀며 의미심장하게 말했다.

"저 녀석에게 이걸 받는 순간부터 사제의 얼굴만 떠올랐지. 본능적으로 다른 사람은 절대 감당할 수 없다는 생각이 드는 거야. 그러니 사제 자네가 사. 황금 백만 냥. 아주 싼 거야. 사람에 따라서는 부르는 게 가격인 보물이거든 이게."

"……?"

설무백이 절로 눈을 끔뻑거렸다.

황금 백만 냥이면 실로 엄청난 금액이었다.

시세에 따라 편차가 있긴 하지만, 대충 은자로 환산하면 사천만 냥에서 오천만 냥 사이의 거금이었다.

세간에 알려진 바에 따르면 조정이 한 해에 백성들에게 거두는 세비(歲費)가 은자 오백만 냥가량이라고 하니, 최소한 중원 모든 백성들이 팔 년 이상을 내는 세비와 같은 금액인 것이다.

'대체 이게 뭐라고?'

설무백이 어리둥절해하는 사이, 천공수가 히죽 웃는 낯으로 신이립을 쳐다보며 물었다.

"괜찮지?"

신이립이 어깨를 으쓱했다.

"이미 내 손을 떠난 물건이라 굳이 관여할 생각은 없지만, 좋은 주인을 만나는 것이 나도 좋긴 하지."

천공수가 끌끌 혀를 차며 눈총을 주었다.

"살림이 거덜 나서 가보(家寶)를 파는 주제에 있는 척 하기는……! 그래서 좋다는 거야 싫다는 거야?"

신이립이 찌푸린 눈가로 천공수의 시선을 마주 노려보며 윽박질렀다.

"너는 똥인지 된장인지 찍어 먹어 봐야 아냐? 당연히 좋다는 거지!"

천공수가 눈을 부라리며 한마디 더 하려는 기색이자, 설무백은 재빨리 나서며 물었다.

"그러니까, 이게 뭔데요?"

천공수가 보란 듯이 근엄하게 헛기침을 하며 대답하려는데, 신이립이 먼저 나서며 대답했다.

"대유기선인상(大柔氣仙人像)이라는 이름을 가진 본가의 가보이오. 본인이 알기로는 팔대조 할아버지부터 전해진 보물인데, 워낙 오래전부터 전해진 물건이라 정확한 내막은 어사무사하지만, 두 가지는 분명하게 기억하고 있소. 하나는 그 물건이 천하에 둘도 없는 무가지보(無價之寶)이며, 다른 하나는 세상을 바꿀 수 있는 신물(神物)이라는 거요."

설무백은 본의 아니게 미간을 찌푸렸다.

너무나도 엄청난 말이라 오히려 허황된 과장으로 느껴졌다.

'분명 느낌은 그런데……?'

이유를 모르게 자꾸 대유기선인상의 모습이 눈에 들어오는 것은 왜란 말인가?

신이립이 그런 그의 마음을 읽은 듯 빙그레 웃으며 대유기선인상을 가리켰다.

"한 번 뒤집어서 밑면을 보시오."

설무백은 신이립이 시키는 대로 대유기선인상을 집어 들어서 밑면을 살펴보았다.

대유기선인상의 평평한 밑면에는 의미심장한 세 가지 글귀가 양각되어 있었다.

"만천과해(瞞天過海), 금선탈각(金蟬脫殼), 일신우일신(日新又日新)……?"

만천과해는 하늘을 속이고 바다를 건넌다는 말이고, 금선탈각은 주로 허물 벗은 매미처럼 상대방을 속이고 교묘하게 빠져나가는 행위를 말하지만, 그에 앞서 매미가 되려면 껍질을 깨고 나와야 한다는 것을 의미하며, 일신우일신은 말 그대로 날마다 새롭게 하여 나날이 발전한다는 뜻이었다.

"선부께서 내게 전해 주기를……."

신이립이 침중해진 목소리로 다시 말했다.

"본인이 익힌 우리 가문의 비전내공인 대유신공(大柔神功)의 본디 이름은 대천유기신지신공(大天柔氣辰之辰功)이고, 팔대조께서 젊은 시절 우연히 만난 도인(道人)에게서 전수받은 토납법(吐納法)이라고 했는데, 당시 도인께서 그 대유기선인상을 주시며 이르시길 '하늘이 무너지는 악화가 닥쳐도 구제중생(救濟衆生)할 수 있는 길이 거기 있으니, 길이 보전하며 연자를 기다리라'라고 당부하셨다고 하오."

설무백은 점점 더 허황된 말이라는 생각이 들었다.

'그런 보물을 가세가 기울었다고 내다 팔아? 이건 뭐 말이 되는 소리를 해야지…… 어라?'

내심 고소를 금치 못하던 그는 불현듯 섬광처럼 뇌리를 스치는 무언가가 있었다.

잠시 잊고 있었는데, 지난날 그는 대유기선인상과 유사한 물건을 본 적이 있었다는 사실이 떠오른 것이다.

'괴불…… 아니 환희불! 청옥의 포대화상!'

과거 천하양대명포로 꼽히는 강북육성의 총포두 신응 모용사관에게 얻은 작은 불상이었다.

그 속에서 그는 전설의 무공인 다라제칠경 무량속보를 얻었다.

'혹시……?'

그때 침묵을 지키고 있던 천공수의 목소리가 그의 귓속을 파고들었다.

전음이었다.

—저 녀석 말 진짜야. 이건 정말 범상한 물건이 아니라고. 게다가 저 녀석은 가세가 기울었다고 해서 무작정 이 물건을 내게 건넨 것이 아니야. 조건을 달았어.

—조건이요?

-그것도 세 개씩이나.

-뭔데요, 그게?

-첫째, 무조건 자기보다 뛰어난 준걸(俊傑)에게 팔아 줄 것. 둘째, 상대가 준걸이라도 세상에 해악을 끼칠 종자 같으면 절대 팔지 말 것. 셋째, 자기가 말하는 조건에 부합돼는 인물이라면 황금백만 냥에 팔아도 인정해 줄 테니, 물건을 넘기기 전에 자신에게 한 번 볼 수 있도록 해 줄 것.

-…….

-이제 감이 오지?

설무백은 묵묵히 고개를 끄덕이며 밑면을 확인하느라 손에 들고 있던 대유기선인상을 다탁에 내려놓고 신이립의 시선을 마주하며 불쑥 물었다.

"다라십삼경의 전설을 아십니까?"

신이립의 눈이 휘둥그레졌다.

밑도 끝도 없는 질문이라서 놀라는 것이 아니었다.

마치 예기치 않은 일격을 당한 듯한 반응이었다.

설무백은 실로 뜻밖의 반응을 보이는 신이립을 예의 주시하며 재우쳐 물었다.

"아십니까?"

신이립이 한결 진중해진 눈빛으로 고개를 끄덕이며 대답했다.

"알고 있소. 오랜 과거, 소림사를 세우고 불가 선종의 시조로 자리매김하신 발타선사가 저 먼 천축에서 가져왔다는 열세 가지 절대 무학에 대한 전설이 아니오."

"역시 아시는군요."

"알다시피 주제넘게도 내가 무공에 아주 관심이 많은 사람이라서 말이오."

설무백은 웃는 낮으로 마주 고개를 끄덕이며 말했다.

"제가 전에 그중의 하나를 얻었고, 또 얼마 전에는 그중의 하나를 얻은 사람을 만났었지요. 한데, 묘하게도 다라십삼경에는 한 가지 공통점이 있더군요."

신이립이 눈을 빛냈다.

"그게 뭐요?"

설무백은 자신이 아는 바를 밝혔다.

"원래 그런 건지 아니면 누군가 의도적으로 그래 놓은 건지는 모르겠으나, 이런 식의 기물에 숨겨져 있다는 겁니다."

"......!"

신이립의 안색이 변했다.

눈빛도 흔들렸다.

한꺼번에 여러 가지 생각을 하는 사람처럼 보였다.

설무백은 그게 아랑곳하지 않고 하고자 하던 얘기를 마저 이어 나갔다.

"해서 하는 말인데……."

그는 탁자에 놓인 대유기선인상에 시선을 고정하며 자신의 짐작을 있는 그대로 드러냈다.

"어쩌면 이 물건의 유서가 그쪽에 기인한 것일 수도 있다는 생각이 듭니다."

신이립이 잠시 뜸을 들이다가 말을 받았다.

"그래서요?"

설무백은 의미심장하게 되물었다.

"그래도 제게 파시겠습니까?"

신이립이 웃었다.

"그건 사겠다는 소리구려."

설무백은 실로 태연한 신이립의 태도가 적이 수상쩍었다.

무언가 내막을 다 알고 있는 사람이 아니고서는 이럴 수 없다는 생각이 들었다.

그때 신이립이 피식 웃으며 말했다.

"설 대협이 이렇듯 솔직하게 나오니, 나도 더는 숨기지 않고 솔직하게 말하겠소. 조부께서 말씀하시길 우리 가문의 무공인 대유신공은 황금으로 만들어진 두꺼비가 토해 낸 비결이라고 하더이다."

설무백은 절로 눈이 커졌다.

천공수를 비롯한 주변의 사람들 전부 다 예사롭지 않은 표정으로 변했다.

다들 뇌리를 스치는 것이 있는 것이다.

"설마……?"

신이립이 웃는 낯으로 말했다.

"설마가 아니오. 본가의 비전인 대유신공은 다라제구경(多羅第九經)이외다."

설무백은 새삼 의외라는 표정을 지으며 물었다.

"하면, 이 물건의 내력을 이미 알고 계셨던 겁니까?"

신이립이 고개를 끄덕였다.

그리고 바로 다시 고개를 저으며 말했다.

"짐작만 하고 있을 뿐, 확신하진 못하고 있었소. 나도 사람인데, 그런 전설 같은 얘기를, 아니, 전설을 어찌 쉽게 믿을 수 있겠소."

그는 탁자에 놓인 대유기선인상에 시선을 고정하며 보란 듯이 한숨을 내쉬었다.

"물론 나도 해 볼 수 있는 건 다 해 봤소. 부시지만 않았지, 얼려 보고 태워 보고 별짓 다해 봤다오. 조부께서는 내가 먹을 밥이 아니니 연자를 기다리라고 했으나, 혹시 모르는 일 아니오. 내가 그 연자일 수도 있지 않겠소."

설무백은 특유의 미온한 미소를 지으며 말을 받았다.

"저 같았으면 그냥 부숴도 봤을 겁니다. 내력을 밝혀 보려는 노력도 노력이지만, 그에 앞서 내가 가지지 못할 물건이라면 남 주기도 싫었을 테니까요."

신이립이 크게 따라 웃으며 대답했다.

"하하, 나도 그 생각을 하지 않았던 것은 아니라오. 하지만 아까워서 말이오. 그거 하나면 이래저래 기운 가세를 바로잡을 수 있는데, 그냥 깨 버리는 건 너무 아깝지 않소. 하하하……!"

설무백은 입가의 미소를 한결 짙게 드리우며 신이립을 바라보다가 이내 정중히 공수했다.

"알겠습니다. 황금 백만 냥에 제가 사지요."

"그럽시다, 그럼."

신이립이 바로 승낙하고는 이내 보란 듯이 가늘게 좁힌 눈가로 설무백을 바라보며 재우쳐 물었다.

"그럼, 대금은 언제……?"

그는 다시 멋쩍게 웃으며 변명했다.

"이래봬도 내가 줄 건 허투루 줘도, 받을 건 제대로 받는 상인이라서…… 하하하……!"

설무백은 가볍게 따라 웃으며 대답했다.

"열흘 내로 보내 드리도록 하지요. 그래도 되겠습니까?"

신이립이 슬쩍 천공수를 일별하며 고개를 끄덕였다.

"원래 그래서는 안 되는 거지만, 든든한 보증인도 있고 하니, 그렇게 합시다."

"이놈이……!"

천공수가 눈을 부라리는 참인데, 설무백이 재빨리 먼저 나서서 말을 끊었다.

"그럼 이제 이 물건은 제 것이니, 제 마음대로 해도 되겠지요?"

신이립이 무언가 이상한 느낌을 받은 듯 의아한 표정을 지으며 대답했다.

"그야 뭐 그렇지요."

"감사합니다."

설무백은 기다렸다는 듯 짧게 고마움을 전하고는 탁자의 대유기선인상을 두 손으로 움켜잡았다.

신이립을 비롯한 장내의 모두가 어리둥절해서 그를 바라보다가 이내 경악했다.

대유기선인상을 움켜잡은 설무백의 두 손이 순식간에 백색으로 발열하며 타올랐기 때문이다.

설무백은 실로 가공할 내공을 일으켜서 대유기선인상을 태우고, 아니, 녹이고 있는 것이다.

"아, 아니, 무슨 짓을……!"

모두가 경악하는 그때였다.

쩌저적—!

설무백의 무지막지한 내공 아래 촛농처럼 녹아내리던 대유기선인상이 거미줄처럼 금이 가며 깨져 버렸다.

그러나 어처구니없는 표정으로 그 광경을 지켜보던 장내의 모두가 비명 대신 감탄했다.

"오……!"

대유기선인상은 흡사 제사를 지낼 때 돌아가신 분의 이름을 적는 지방(紙榜)을 붙이는 패(牌)처럼 생긴 작은 석비(石碑)를 몸속에 품고 있었다.

설무백의 강력한 내공의 힘이 몸뚱이를 박살 내자 속에 품고 있던 석비가 드러난 것이다.

"다라제일경(多羅第一經) 일원(一源)!"

대체 천하에 그 어떤 명장이 있어서 그렇게 했는지는 모르겠지만, 먹칠을 해 놓은 것처럼 깨알 같은 글씨가 빽빽하게 들어차 있는 석비의 상단에 적힌 이름이 그것이었다.

⚜

"정말 주제넘는 일이지만, 내가 설 대협에게 조언을 한마디 해도 되겠소?"

설무백 등이 신이립의 저택을 나서는 길이었다.

대문 밖까지 배웅한 신이립이 불쑥 물었다.

"경청하겠습니다."

설무백은 기꺼이 승낙했다.

사실 그는 거처를 나서는 순간부터 신이립이 못내 하고 싶은 말이 있는 기색인 것을 느끼고 있었다.

신이립이 말했다.

"설 대협은 강하오. 강해도 너무 강하지. 그래서 세상의 기반이 되는 백성들의 삶을 모를 수도 있다는 생각이 드오. 일찍이 명문가의 양자로 들어가서 부족한 것 하나 없이 자랐으니 말이오. 설 대협의 노력을 폄하하는 것이 아니라, 출발점이 달랐다는 얘기를 하는 거요."

설무백은 내심 신이립이 우려하는 바가 무엇인지 대번에 알 수 있었다.

그렇지만 이건 그의 전생을 모르기에 하는 생각이었다.

전생의 그는 세상 그 누구보다도 밑바닥 인생을 살아온 사람이고, 그 기억은 그의 뇌리에 고스란히 박혀 있는 것이다.

그러나 설무백은 묵묵히 입을 다물고 있었다.

신이립에게 적잖은 호감을 가지고 있는 그로서는 굳이 노강호의 노파심을 탓하고 싶은 생각이 없었다.

신이립이 계속 말했다.

"해서, 하는 말인데, 세상이 어지러워지면 가장 힘들고 어려운 것은 다른 누구보다도 가진 것 없고 기댈 곳 하나 없는 백성들이오. 부디 그들을 굽어 살피길 바라오. 이제 막 정국이 안정되어 가는 마당에 강호무림의 싸움이 힘없는 그들을 해치는 일은 없어야 하질 않겠소. 사실……."

잠시 말꼬리를 늘인 신이립은 못내 겸연쩍은 표정을 지으며 얘기를 끝냈다.

"이는 본인 역시 최근에 깨달은 바라 입에 담기조차 부끄러우나, 설 대협을 위해 용기를 내서 하는 말이오. 높은 곳에 서 있는 설 대협이 자칫 발밑을 보지 못하는 우를 범하지는 않을까 하는 노파심에서 말이오."

설무백은 정중히 공수하며 대답했다.

"새겨듣겠습니다."

예의로 그냥 하는 말이 아니었다.

최근 들어 그 역시 그와 같은 부분에서 생각이 많아져 있었다.

이유 여하를 막론하고 싸움이 일어나는 것은 힘 있는 자들이 욕심과 욕망의 대립이었다.

단적으로 작금의 중원이 맞이한 혼돈의 시기도 그랬다.

마교의 발호가 강호무림의 평화를 깨트리고 혼돈의 시대를 열었다고는 하나, 그 내면을 자세히 살펴보면 강호무림에 사는 사람들의 야욕이 기여한 바도 지대했다.

마교만이 아니라 중원무림의 크고 작은 야욕들이 뒤엉켜서 혼돈의 시대를 촉발시켰다는 것이 설무백의 솔직한 심정인 것이다.

예전에는 몰랐으나, 정확히 말하면 전생에는 모르고 있었으나, 지금은 알고 있었다.

전생의 그가 알고 있던 혼돈의 시대가 정(正)과 사(邪), 마(魔)라는 이념의 대립이었다면 지금의 그가 알고 있는 혼돈의 시대는 그에 앞서 사람과 사람의 야욕이 주된 이유라는 생각이었다.

그 때문인 모양이었다.

본의 아니게 새삼 그런 생각이 떠올라서 심각해진 그의 모습을 보고 신이립이 오해한 모양이었다.

"아니, 저기, 내 말은……!"

천공수가 슬쩍 신이립의 옷깃을 당기는 것으로 말문을 막았다.

신이립이 의아한 눈빛으로 쳐다보자, 상처로 인해 여기저기 붕대를 감고, 얼굴에도 금창약을 덕지덕지 바른 천공수가 힘겹게 웃으며 나직이 소곤거렸다.

"그냥 넘어가. 더 이상은 주책이다. 그걸 모르고 있었을 사람이 아니야, 설 사제는."

신이립이 무색해졌다.

"내가 괜한 말을 했다는 거냐?"

천공수가 피식 웃으며 대답했다.

"괜한 말까지는 아닐 거야. 아는 것도 확인하는 차원에서 다시 되새겨 보는 게 나으니까."

신이립이 쓰게 입맛을 다셨다.

"결국 늙은이의 노파심이였다는 거네."

"아, 글쎄……!"

천공수가 그게 아니라고 다시 말하려다가 입을 다물며 고개를 돌렸다.

신이립의 고개가 그를 따라서 돌아갔다.

설무백은 벌써 그들이 바라보는 방향을 바라보고 있었다.

대문과 그리 멀리 떨어지지 않은 저편 길목에서 모습을 드러낸 사내 하나가 급히 달려오고 있었다.

신이립을 빼곤 장내의 모두가 알고 있는 사내, 하오문의 묘 안 석자문이었다.

설무백은 고개를 갸웃했다.

지금 이 시점에 석자문이 그를 찾아올 이유는 없었다.

"무슨 일이야?"

급히 다가온 석자문이 대답 대신 눈치를 보았다.

신이립을 의식하고 있었다.

"괜찮아."

설무백의 말을 듣고 나서야 석자문이 품에서 손가락 한 마디 만 한 전통을 꺼내서 내밀었다.

"적애자가 보낸 대지급입니다."

설무백은 안색이 변했다.

적애자는 그의 명령에 따라 주천부에 주둔한 마교총단을 주 시하고 있었다.

그는 급히 전통을 열어서 속에 든 전서를 확인했다.

마교총단의 전 병력이 짐을 싸서 서쪽으로 향하고 있음.
옥문관을 넘을 것으로 보임.

"옥문관을……?"

설무백은 고개를 갸웃하며 석자문을 바라보았다.

"확인했지?"

석자문이 대답했다.

"예."

"어떻게 생각해?"

"아직 후속 보고는 없습니다만, 저 역시 같은 생각입니다. 주 둔지를 뒤로 물리는 것이 아니라 본래의 총단으로 철수하는 것 이 아닌가 싶습니다."

설무백은 황당했다.

"설마 이 시점에 중원 진출을 포기한다고……?"

"아직 거기까지는 잘 모르겠습니다."

석자문이 바로 대답하고는 일순 심각해져서 다시 말했다.

"이동 간에는 주둔하고 있을 때와 달리 경계가 더 삼엄해질 겁니다. 애초에 거리를 두고 지켜보라고 단단히 일러두기는 했 습니다만, 적애자, 그 녀석이 도통 제 말을 들어 처먹어야지요. 해서, 오기 전에 먼저 둘째와 일곱째에게 연락해서 만사 제쳐 두고 그쪽으로 가 보라고 지시했습니다."

둘째는 흑비희이고, 일곱째는 적애자였다.

구룡자들 중에서 가장 뛰어난 무위를 지닌 두 사람이니, 적 절한 조치였다.

"잘했어."

설무백은 가볍게 치하하고는 재우쳐 물었다.

"무림맹 쪽도 이미 사태를 알고 있겠지?"

석자문이 대답했다.

"예, 개방의 움직이고 있으니, 이미 무림맹으로 기별이 갔으리라 봅니다."

"황궁은?"

"오군도독부가 아주 부산합니다."

"마교총단의 병력이 빠져나가기 무섭게 옥문관을 수복하려는 거겠지?"

"아무래도 그렇겠죠."

"다른 쪽은? 세외와 관외 쪽, 그리고 운남 쪽의 동향은 어때?"

"아직 그쪽에서 전해진 연락은 없습니다. 가용할 수 있는 인원을 총동원해서 그쪽의 애들과 소통하고 있으니, 조만간 사태를 파악할 수 있을 겁니다."

"그럴 게 아니라⋯⋯!"

설무백은 고개를 저으며 지시했다.

"지금 당장 제갈명에게 연락해서 적절한 요인을 파견하라고 해. 혹시나 고도의 기만술일 수도 있다는 얘기도 전해 주고. 서둘러!"

"예, 알겠습니다!"

석자문이 즉시 공수하고 급히 자리를 떠났다.

설무백은 곧바로 우두커니 서 있는 녹산예를 바라보며 눈총을 주었다.

"뭐 해? 너도 따라가서 도와줘."

"아, 예, 그러죠."

녹산예가 마지못한 듯 석자문의 뒤를 따라나섰다.

설무백은 그제야 신이립에게 시선을 주며 머쓱하게 웃는 낯으로 공수했다.

"저도 더는 지체할 수 없겠네요."

신이립은 의미심장한 미소를 지으며 고개를 끄덕였다.

"이제야 알겠소. 천가 저 녀석이 내게 작금의 강호무림을 움직이는 보이지 않는 손이 있다고 하더니만, 그 손이 바로 설 대협이었구려."

설무백은 슬쩍 천공수를 바라보았다.

천공수는 먼 산을 바라보며 딴청을 부리고 있었다.

"그럼 저는 이만……!"

설무백은 더는 지체하지 않고 신이립에게 작별을 고하며 돌아서서 발길을 서둘렀다.

천공수가 재빨리 그의 뒤를 따라붙으며 물었다.

"어디로 갈 텐가?"

설무백은 적이 난감한 표정으로 변했다.

아무래도 그가 어디를 가든 천공수가 따라올 기세로 보이는 것이다.

그때 흑천신이 손을 내밀어서 천공수의 어깨를 잡으며 설무백을 향해 말했다.

"이 짐짝은 내가 처리할 테니, 어서 볼일 봐. 우리 애들이 필요한 일이 있으면 바로 연락하고."

"아, 예!"

설무백은 두말없이 바로 인사하며 돌아섰다.

"아니, 저기……!"

천공수가 다급히 불렀으나, 설무백은 못 들은 척 외면하며 그대로 신형을 날렸다.

철면신이 그림자처럼 그 뒤에 붙고, 공야무륵과 고고매가 그 뒤를 따랐다.

고고매의 어깨에 앉아 있던 요미의 모습은 벌써부터 보이지 않고 있었다.

눈치 빠르게 암중으로 스며들어서 다른 누구보다도 먼저 설무백의 뒤에 붙은 것이다.

와중에 공야무륵이 물었다.

"어디로 가십니까?"

설무백은 바로 대답해 주었다.

"무림맹으로 가야지. 아직 아무런 정보도 없는데, 괜히 동요해서 섣불리 움직이는 자들이 있으면 곤란하잖아."

공야무륵이 잠시 뜸을 들이다가 물었다.

"그건 황궁도 마찬가지 아닌가요?"

설무백은 고개를 저었다.

"이제 황궁과는 사이는 새로 정립하려고."

"어떤 사이로 정립하실 건데요?"

"가깝고도 먼 사이로."

"……그게 어떤 사이죠?"

"도움을 청하면 도와주지만, 도움을 청하지 않으면 그게 어떤 일이든 외면하는 정도?"

"어렵네요."

공야무륵이 도통 모르겠다는 표정으로 입맛을 다셨다.

설무백은 특유의 미온한 미소를 지으며 다시 말했다.

"쉽게 말해 끊고 싶지만 끊을 수 없는 관계라서 이제 더 이상 내가 알아서 먼저 나서서 참견하는 일은 없을 거라는 소리야."

공야무륵이 한숨을 내쉬었다.

"쉽지 않네요. 그것도 어렵네요."

설무백은 그저 실소하고는 한층 더 속도를 내며 말했다.

"아무래도 혈노가 수고 좀 해 줘야겠는 걸?"

암중의 혈뇌사야가 눈치 빠르게 물었다.

"마교총단이요?"

"응."

"살펴보기만 할까요, 아니면 파 볼까요?"

"괜히 수선피면 곤란해."

"수선 안 피고 파 볼 수 있습니다. 그런 게 노복의 장기라는 거 잘 아시지 않습니까."

설무백은 잠시 고민하다가 대답했다.

"그럴 자신 있으면 한번 파 봐."

혈뇌사야가 그 말을 기다렸다는 듯 특유의 음충맞은 기소를 흘리며 대답했다.

"흐흐, 알겠습니다. 그럼 다녀오겠습니다."

마지막 말은 멀리서 들렸다.

눈 깜짝할 사이에 저 멀리 날아가고 있는 것이다.

암중의 요미가 실소했다.

"신나서 가네요. 저리도 좋을까?"

공야무륵이 진중하게 말했다.

"나는 충분히 이해할 수 있다. 주군에게 필요한 존재라는 사실이 신나는 거다."

요미가 뾰로통한 목소리로 대꾸했다.

"내가 그걸 모를까 봐 그래? 그냥 말이 그렇다는 거지, 나도 알고 있다고. 하여간, 공야 아재에게는 농담이 안 통한다니까."

"그런가."

공야무륵이 머쓱해했다.

요미가 빽 하고 악을 썼다.

"그런가가 아니라 정말 그래!"

공야무륵이 무색해진 듯 더는 뭐라고 대꾸하지 못한 채 쩝쩝 입맛을 다셨다.

설무백이 그때 끼어들어서 말했다.

"이제 우리도 슬슬 속도 좀 내볼까나?"

무색해진 공야무륵의 얼굴이 당황으로 일그러졌다.

"여기서 더요?"

지금도 엄청난 속도로 달리는 중이라 그들의 발밑으로 대지가 폭우로 넘친 강물처럼 사물을 분간할 수 없을 만큼 빠르게 흘러가고 있었다.

"농담을 주고받을 여유도 있으면서 뭘 그리 놀라?"

"아니, 그건……!"

설무백은 듣지 않고 말했다.

"내일 날이 저물기 전에 도착한다."

공야무륵이 놀라서 말을 더듬었다.

"노, 농담이시죠?"

농담이 아니었다.

설무백의 말마따나 그들은 밤을 꼬박 새며 쉬지 않고 달려서 다음 날, 땅거미가 지기 시작한 유시(酉時 : 오후 5~7시) 무렵 정주부의 무림맹에 도착했다.

폭풍전야暴風前夜 (4)

무림맹은 매우 조용했다.

　실로 뜻밖의 상황을 맞이했음에도 불구하고, 전혀 어수선하지 않고 평소처럼 혹은 평소보다 더 차분한 분위기였다.

　설무백이 예상한 대로의 모습이었다.

　"역시……!"

　공야무륵과 요미도 설무백과 같은 생각을 했던 것 같았다.

　설무백의 강행군으로 무림맹의 영내가 시야에 들어오는 순간 바닥에 널브러지면서도 그 얘기를 꺼내며 감탄했다.

　"남궁 소저가……!"

　"그 언니 정말 대단하네!"

　무림맹의 군사인 남궁유화를 두고 하는 말이었다.

설무백은 그보다는 공야무륵과 요미, 그리고 고고매의 능력에 더욱 관심을 두었다.

전력을 다하지 않고 나름 조절하긴 했으나, 상당한 내력을 발휘해서 쉬지 않고 달려왔다.

실로 어지간한 고수도 따라오기 어려운 속도였다.

그런데 의외였다.

철면신은 말할 것도 없고, 공야무륵과 요미가 전혀 뒤처지지 않고 따라왔다.

힘겨운 기색이긴 해도, 여력이 남은 모습이었다.

그 바람에 설무백은 조금 더 속도를 내보고 싶었으나, 그럴 수는 없었다.

고고매 때문이었다.

거친 호흡을 몰아쉬면서도 악착같이 따라오는 그녀의 노력을 외면할 수 없었다.

아무래도 일행 중에는 그녀의 무력이 가장 낮은 것인데, 따지고 보면 그것도 대단했다.

이전의 공야무륵과 요미였다면 절대로 오늘 그의 뒤를 따라오지 못했을 것이다.

'게다가 저 육중한 청룡도를 들고서……!'

공야무륵의 외모가 거북이처럼 보인다면 고고매는 거대한 장수풍뎅이처럼 보인다.

공야무륵이 언제나 거대한 대월을 등에 짊어지고 다닌다면,

고고매는 일장에 달하는 육중한 청룡도를 등에 짊어지고 있어서 그렇게 보였다.

고고매가 비록 도착하자마자 반쯤 혼절해서 쓰러지긴 했어도, 그 점을 감안하면 지금의 그녀는 분명 얼마 전의 공야무륵이나 요미의 능력을 상회하는 것이다.

"괜찮아?"

설무백이 묻자, 시체처럼 바닥에 널브러져 있던 고고매가 반사적으로 벌떡 일어나며 대답했다.

"괜찮습니다!"

"그러지 않아도 돼. 힘들면 힘들다고 하고, 아플 때는 아프다고 해. 그게 좋아."

"아……!"

고고매가 감격했다.

대번에 눈물이라도 쏟아 낼 것처럼 두 눈이 그렁그렁해졌다.

요미가 놀렸다.

"덩치만 컸지, 애라니까 애."

고고매가 그제야 자신의 실태를 깨달은 듯 정색하며 말했다.

"아닙니다! 잔트가르의 여자는 힘들지도, 아프지도 않습니다! 절대로!"

설무백은 적이 민망해져서 그녀를 외면하며 말문을 돌렸다.

"다들 여기서 기다려. 이런 분위기라면 괜한 수선 피울 것 없이 한 사람만 만나고 오면 될 것 같으니까."

요미가 두 눈을 자못 게슴츠레하게 뜨며 설무백을 바라보았다.

"그 언니?"

설무백은 대답하지 않고 돌아섰다.

요미가 벌떡 일어났다.

"나도 갈래. 수선 피우지 않을 거야. 들키지 않을 자신 있으니까."

설무백은 슬쩍 요미를 돌아보았다.

요미가 보란 듯이 어깨를 펴며 먼저 말했다.

"제갈 군사가 그랬어! 만일의 경우를 생각해서 하늘이 갈라지고 땅이 꺼져도 나만큼은 절대 오빠 곁에서 떨어지는 일이 없어야 한다고!"

설무백은 절로 미간을 찌푸렸다.

요미가 당당한 태도로 말을 더했다.

"정말이야. 나중에라도 가서 물어봐?"

설무백은 쓰게 입맛을 다셨다.

요미가 배시시 웃는 낯으로 거짓말처럼 흐릿해지며 그 자리에서 스르르 사라졌다.

설무백의 그림자 속으로 스며든 것이다.

"걱정 마. 나서지도 않을 거고, 한마디도 안 할 거니까. 맹세코!"

설무백은 어쩔 수 없이 포기하며 돌아섰다. 그리고 그대로 신형을 날려서 바람으로 변했다.

가파른 언덕을 사르며 내려가서 무림맹의 후원과 이어진 담을 넘어가는 바람이었고, 그 바람은 후원을 가로질러서 두 개의 담과 하나의 정원을 벗어나 낮은 담으로 구획된 한 채의 아담한 전각의 뒷마당으로 내려앉았다.

바로 남궁유화의 거처인 이 층짜리 전각의 앞마당이었다.

멈추려고 해서 멈춘 것이 아니었다.

원래는 그곳을 통해 전각으로 들어갈 생각이었으나, 불시에 멈춘 것이었다.

거기 뒷마당에 눈에 확 띄는 패도 한 자루를 들고 진땀을 흘리는 작은 꼬맹이가 있었기 때문이다.

남궁유화의 아들인 남궁소천이었다.

"……"

설무백은 잠시 서서 바라볼 뿐, 아무런 말도 하지 않았다.

아니, 하지 못했다.

예기치 못한 상황에 조금 당황스럽기도 하고, 놀라기도 했다.

이전에 봤을 때보다도 확연히 자란 소천은 거의 흠잡을 곳이 없는 절세의 미동(美童)이었다.

넓고 반듯한 이마에는 성스러운 정기(正氣)가 은은히 서려 있고, 콧날은 깎아 빚은 듯 높지도 않게 우뚝 솟아 있었다.

거기다 단아하게 맞물린 입술은 작약처럼 붉디붉어서 실로 천상의 미동이 따로 없었다.

'이제 일곱 살인가……?'

문득 설무백의 뇌리에 그 생각이 떠오를 때, 두 사람이 동시에 그에게 말을 건넸다.

─오셨습니까, 주군.

"누구세요?"

암중의 혈영이 건넨 인사와 남궁소천의 질문이었다.

설무백은 짐시 무심하게 되물었다.

"낯선 사람이 집으로 들어섰는데, 왜 놀라지 않지?"

남궁소천이 빙긋 웃으며 대답했다.

"여긴 우리 집이기도 하지만, 천하의 고수들이 모여 있는 무림맹이기도 하거든요."

설무백은 딱 부러진 남궁소천의 대답에 괜히 트집을 잡고 싶어졌다.

"그런 곳임을 알고도 침입한 사람이라면 더욱 무서운 사람일 수도 있지 않을까?"

남궁소천이 웃는 낮으로 대답했다.

"그럴 수도 있지만, 아닌 것 같아서요."

"어째서 아닌 것 같지?"

"그렇게 무서운 사람이라면 아저씨처럼 들키고 나서 멀뚱히 서 있지는 않을 거잖아요."

설무백은 내심 타당한 얘기라는 생각을 하면서도 짐짓 인상을 쓰며 무섭게 말했다.

"네가 너무 어려서 죽일까 말까 고민하는 것일 수도 있지."

남궁소천이 새삼 배시시 웃으며 고개를 저었다.

"그건 아닌 것 같은데요?"

"왜 그렇게 생각하지?"

"그냥요."

"그냥?"

"예, 그냥요. 그냥 아저씨는 그런 나쁜 사람처럼 보이지 않아요."

설무백은 일부러 화난 것처럼 말했다.

"나쁜 사람이 나 나쁜 사람이다, 하고 얼굴에 써 붙이고 다니는 줄 아느냐?"

"그건 아니지만……."

남궁소천이 천연덕스럽게 대꾸했다.

"이렇게 아저씨처럼 어린아이에게 나 나쁜 사람일 수도 있다고 가르치려고 들지도 않겠죠."

"……."

설무백은 불시에 한 대 맞은 것처럼 말문이 막혀 버렸다.

남궁소천이 그러거나 말거나 더는 귀찮다는 듯 작은 손을 휘휘 내저으며 다시 말했다.

"아무튼, 어디를 가려다가 길을 잃었는지는 몰라도, 어서 그만 가 보세요. 아저씨가 지금 저 수련할 시간을 빼먹고 있다고요."

설무백은 가지 않고 그냥 서서 물었다.

"무공을 수련하는 거냐?"

남궁소천이 투덜거렸다.

"아저씨 참 사람 귀찮게 하시네. 저기요. 아저씨. 어서 빨리 가세요. 저도 시간이 없긴 하지만, 그보다 아저씨가 걱정돼서 그래요."

설무백은 의외의 말이라 절로 고개를 갸웃했다.

"내가 왜?"

남궁소천이 마치 누가 보면 안 되는 말이라도 하듯 조심스럽게 주변을 둘러보고 나서 대답했다.

"아저씨가 몰라서 그러는데, 제게 남모르는 사부님이 한 분계시거든요. 그분이 정말 귀신같은 분이시라 지금도 여기 어디서 아저씨를 노려보고 있을지도 몰라요. 그러니까 어서 빨리 가시라고요. 괜히 다칠 수도 있어요, 아저씨."

설무백은 적이 걱정스러운 표정으로 바라보는 남궁소천의 시선을 마주한 채로 혈영에게 전음을 보냈다.

-너냐?

혈영이 대답을 더듬었다.

-아, 그게, 어쩌다 보니······!

그때 전각의 내부에서 사뭇 앙칼진 목소리가 들려왔다.

"소천, 너 또 이 시간에 나가서 수련하는 거니? 엄마가 때 되면 얼른 들어와서 밥 먹으라고 했어 안 했어?"

남궁유화의 목소리였다.

남궁소천이 화들짝 놀란 기색으로 대답했다.

"잠깐만요, 어머니. 금방 들어가요."

남궁유화가 한층 더 언성을 높였다.

"또 그런다. 안 되겠구나. 이놈의 밥 개나 줘 버려야지!"

"아, 아니에요, 어머니! 지금 저 가요!"

남궁소천이 다급히 대답하고는 설무백을 향해 울상을 지으
며 툴툴거렸다.

"거봐요! 아저씨 때문에 마무리도 못 지었잖아요! 조금만 더
하면 변식을 제대로 구현해서…… 어?"

툴툴대며 돌아서던 남궁소천이 적잖게 당황하며 멈추어 섰
다. 전각의 뒷문 앞에 남궁유화가 나와 있었기 때문이다.

설무백도 이미 그녀를 쳐다보고 있었다.

그녀가 밖으로 나서는 것을 느꼈던 것이다.

"그런 말도 할 줄 아나?"

남궁유화의 얼굴이 살짝 붉어졌다.

그 모습을 감추려는 듯, 그녀는 애써 무심하게 남궁소천을
향해 말했다.

"소천, 어서 들어가서 밥 먹어."

남궁소천이 무언가 심상치 않다는 걸 눈치챈 듯 남궁유화와
설무백을 번갈아 보다가 물었다.

"우리 어머니를 아세요?"

설무백에 대답하기 전에 남궁유화가 먼저 일침을 놓았다.

"소천!"

"예, 어머니!"

남궁소천이 재빨리 대답하며 후다닥 전각으로 뛰어 들어갔다.

설무백은 스스로 이해할 수 없는 묘한 감정에 사로잡힌 채로 남궁소천의 뒷모습을 바라보았다.

남궁유화가 그런 설무백의 감정을 깨트렸다.

"생각보다 일찍 왔네요."

설무백은 상념에서 벗어나서 지근거리에 있는 연못가의 바위에 엉덩이를 걸치며 되물었다.

"내가 올 줄 알았나?"

남궁유화가 그의 곁으로 다가서며 대답했다.

"그 정도는 예상해야 무림맹의 군사 노릇을 해먹지요."

설무백은 새삼 의외라는 눈치로 남궁유화를 쳐다보며 물었다.

"내게 무슨 불만 있나?"

남궁유화가 물끄러미 그의 시선을 마주하며 반문했다.

"왜 그런다고 생각해요?"

설무백은 어깨를 으쓱했다.

"입이 많이 거칠어진 것 같아서."

남궁유화가 대수롭지 않게 대구했다.

"별거 아니에요. 그냥 이젠 여자가 아니라 어미라서 그래요.

어미의 억척 없이는 아이를 제대로 키울 수 없거든요."

"정말 이유는 그에 다인가?"

"다른 이유가 더 있을 게 없지 않나요?"

"그렇군."

설무백은 굳이 더는 묻지 않고 수긍하며 말문을 돌렸다.

"아무려나, 내가 찾아올 거라고 생각했다면 왜 찾아오는 건지도 알겠군그래."

남궁유화가 고개를 끄덕이는 것으로 인정하며 대답했다.

"두 가지라고 생각했어요. 하나는 이번 마교의 행보에 절대 동요하지 말 것, 다른 하나는 이제 곧 다가올 거사의 기일을 다시 한번 더 뒤로 미룰 것. 맞나요?"

맞았다.

정확했다.

설무백은 특유의 미온한 미소를 지으며 물었다.

"첫 번째는 그렇다고 치고, 두 번째는 왜 그럴 거라고 생각했지?"

남궁유화가 당연하다는 투로 대답했다.

"당신도 사람인데 저들이 왜 이제 와서 물러나는지 알아볼 시간이 필요하지 않겠어요?"

설무백은 피식 웃는 것으로 인정하며 물었다.

"실행하는 데 걸림돌은 없나?"

남궁유화가 당연히 그렇다는 듯 대답했다.

"없어요. 다들 저를 믿어 주고 있으니까요. 조금 실망은 하겠지만, 수긍할 거예요."

설무백은 기꺼운 표정으로 고개를 끄덕였다.

그리고 그대로 자리를 털고 일어나며 돌아섰다.

"그럼 부탁해."

"저기……!"

남궁유화가 돌아서는 설무백을 불러 세웠다.

설무백이 다시 돌아서서 바라보자, 그녀가 멋쩍게 웃으며 고개를 저었다.

"아니에요. 됐어요."

설무백은 무심하게 물었다.

"뭐가 아니고, 뭐가 됐다는 거지?"

남궁유화가 잠시 뜸을 들이다가 애써 대수롭지 않다는 표정으로 대답했다.

"도움을 청할 게 있었는데, 생각해 보니 내가 해도 되겠다싶네요."

그녀는 아무렇지도 않게 돌아서며 작별을 고했다.

"가 보세요."

"그게 아닌 것 같지?"

설무백은 다시금 바람으로 변해서 무림맹의 후원을 가로지르고 담을 넘다가 불쑥 물었다.

암중의 요미가 되물었다.

"뭐가?"

"너 말고."

암중의 혈영이 대답했다.

"예, 그건 아닌 것 같습니다."

"뭘까 그럼?"

혈영이 대답하지 않고 침묵했다.

설무백은 미간을 찌푸리며 물었다.

"혹시 들켰어?"

혈영이 대답했다.

"저는 아닙니다만, 소천이 들켰을 수도 있다는 생각이 듭니다."

설무백이 바로 이해하고는 쓰게 입맛을 다셨다.

"아까 소천이 말한 사부가 혈영, 너라는 말이군그래."

"그게 어쩌다 보니…… 남궁가의 무공은 실전에 부합되지 못하는 부분이 적지 않더군요. 해서, 조금씩 참견하다 보니 그렇게 되었습니다. 죄송합니다."

"별게 다 죄송하다. 그보다 아직은 심증만이라 이거지?"

"예, 아무래도 아까 그걸 물어보려다가 스스로 알아내려고 그만둔 것 같습니다. 어떻게 할까요?"

혈영의 질문을 들은 설무백은 잠시 여유를 두고 고심하다가 불쑥 물었다.

"애는 어때?"

"소천은 제가 본 그 어떤 아이보다 뛰어납니다. 한마디로 무공의 천재입니다."

설무백은 피식 웃었다.

"여기 있는 게 답답하진 않다는 소리네?"

"답답하긴요, 오히려 하루하루가 즐겁습니다."

"소천 때문에?"

혈영이 기다렸다는 듯 대답했다.

"소천의 습득은 정말 가공합니다. 그것을 저 혼자 지켜보는 것이 죄송할 정도로 말입니다."

의미심장한 말이었다.

설무백은 그것을 느끼면서도 애써 외면했다.

"여기서 지내기가 지루하지 않다는 얘기지?"

"지루하기는요. 덕분에 저도 강해지고 있습니다. 본의 아니게 중검(重劍)의 최강이라는 남궁세가의 검법을 익히게 되었으니까요."

"그래?"

"소천은 지금 창궁무애검법(蒼穹無涯劍法)과 섬전십삼검뢰(閃電十三劍雷)를 이미 섭렵하고, 제왕무적검강(帝王無敵劍罡)에 입문한 상태입니다."

"……!"

그저 그러려니 하며 대수롭지 않게 듣고 있던 설무백은 절로 눈이 휘둥그레졌다.

제왕무적검강은 무림팔대세가 중에서도 하북팽가와 검도제일을 다투는 남궁세가의 최강 비전이었다.

하북팽가의 비전 도법인 오호단문도(五虎斷門刀)가 천하칠대도법의 하나이듯 남궁세가의 제왕무적검강은 천하십대검법의 하나로 꼽히는 검법인 것이다.

"그 정도나……?"

"그래서 말씀드리지 않았습니까. 저 혼자 지켜보는 것이 죄송하다고 말입니다."

"……"

설무백은 실로 오묘한 기분에 사로잡혀서 잠시 할 말을 잊고 있다가 급히 말문을 돌렸다.

"정말 지루하진 않겠군. 그렇다면 조금만 더 수고해 줘. 그보다 무림맹의 분위기는 어때?"

혈영이 진중하게 변한 목소리로 대답했다.

"안 그래도 연락을 드리려던 참이었습니다. 역시나 주군의 짐작이 옳았습니다. 주군께서 주도하는 거사와 무관하게 따로 움직이려는 자들이 있습니다."

설무백은 당연히 그럴 줄 알았다는 듯 별반 놀라거나 당황하는 기색 없이 시큰둥하게 물었다.

"물론 결사대에 뽑히지 않은 자들이 주도하는 거겠지?"

"예. 지금까지 확인된 자들의 면면은 전부 다 그렇습니다."

"남궁 군사도 알고 있나?"

"알다마다요. 요즘 그 일로 정신없습니다. 일일이 만나서 어르고 타이르고, 가끔은 협박까지 동원하느라 정말이지 눈코 뜰 사이 없이 바쁩니다."

"해결될 수 있을 것 같아?"

혈영이 잠시 뜸을 들이다가 부정적인 답변을 내놓았다.

"어려울 것 같습니다."

설무백은 쓰게 입맛을 다셨다.

"하긴, 사람의 욕심을 고작 입으로 막기는 어렵지. 그럼 이제 문제는 시일인데, 혹시 그쪽으로 드러난 거 있어?"

"아직 그건 정해지지 않은 것으로 압니다."

"이제부터라도 다른 거 다 제쳐 두고 그것만 주시해. 거사 일에 같이 나서려는 거라면 그나마 다행이지만, 그 전에 나서려는 거라면 정말 골치 아파지니까."

"예, 알겠습니다!"

혈영의 대답이 끝나기 무섭게, 내내 묵묵히 듣고 있던 공야무륵이 더는 못 참겠는지 분노를 토했다.

"쥐새끼 같은 놈들이네요! 이제 먹고살 만해지니까 명성을 얻고 싶다 이거 아닙니까! 배은망덕도 유분수지, 지금 누구 덕분에 그 자리를 있는지도 모르고……!"

"워워, 진정해."

설무백은 피식 웃는 낯으로 공야무륵의 말을 끊으며 나직하게 타일렀다.

"단지 명성을 얻으려는 자들만 있는 게 아니라, 정말로 중원을 위해서 한 몸 받쳐 싸우고 싶은 인물도 적지 않을 거야. 그때문에 처리가 곤란한 거지."

혈영이 냉정하게 물었다.

"추려서 목을 칠까요?"

"그것도 쓸 만한 방법 중에 하나이긴 한데……."

설무백은 고개를 저었다.

"거사 일을 다시 미루어 두었으니, 일단 조금 더 두고 보자. 남궁유화의 머리에서 다른 대안이 나올 수도 있으니까."

"외람된 말씀일지 모르나……."

혈영이 말꼬리를 잡았다.

"무림맹이 이렇다는 것은 다른 쪽도 별반 상황이 다르지 않을 것이라고 생각합니다."

녹림십팔채와 장강십팔타, 그리고 황하수로연맹을 염두에 두고 하는 말이었다.

이번 마교총단을 공격하기 위해서 조직한 일천결사에는 그들, 세 세력의 고수들도 포함되어 있는 것이다.

"그러게."

설무백은 한숨을 내쉬었다.

"장강과 황하는 그다지 염려가 되지 않는데, 녹림이 조금 마음에 걸리긴 하네."

장강의 하백은 소위 사나운 폭군이라 그런 일이 벌어질 경우 가차 없이 처단할 것이 자명했고, 작금의 황하를 주도하고 있는 강상교는 다른 누구보다도 영리한 사람이라 충분히 현명하게 대처할 것이라는 믿음이 있었다.

실제로 강상교의 경우는 지난번 금망채 사건이 좋은 예였다.

강상교는 자신이 감당할 수 없다고 판단되자 즉시 설무백에게 도움을 청하지 않았던가.

그런 측면에서 볼 때, 가장 걱정이 되는 곳은 녹림이었다.

우선 녹림도 총표파자 산신군은 상대적으로 조금 문제가 있었다.

강상교보다는 과격하지만 대신에 그만큼 지능적이지 못하고, 하백보다는 지능적이지만 대신에 그만큼 과격하지 못했다.

그리고 작금의 녹림은 그 어느 때보다도 분열이 심화되어 있었다.

아직도 마교의 간세와 내부의 동조자들이 일으킨 지난번 모반 사건의 후유증에서 완전히 벗어나지 못했다는 것이 하오문의 정보력을 통해 그가 알고 있는 작금의 녹림 상황인 것이다.

'가 보긴 가 봐야겠는데……!'

설무백은 망설여졌다.

녹림의 내부에 무림맹과 같은 상황이 벌어져 있다고 해도 어차피 그 상황을 해결해야 하는 것은 다른 누구도 아닌 녹림도 총표파자인 산신군이다.

다른 사람이 녹림의 일을 해결하는 것은 가뜩이나 지난 모반으로 인해 지지 기반이 약화된 산신군의 입지를 더욱 부실하게 하는 자충수가 될 수도 있었다.

'이럴 때는 정말 제갈명이 아쉽군.'

설무백은 내심 답답한 나머지 절로 아쉬운 마음이 들어서 장탄식을 흘렸다.

여우보다 더 여우 같은 제갈명이라면 어렵지 않게 문제를 해결할 답안을 내놓지 않았을까.

그때 공야무륵이 불쑥 물었다.

"저기, 제가 지금 잘 몰라서 그러는데, 지금 주군께서 걱정하시는 것이 녹림의 상황인가요, 아니면 산신군인가요?"

"그야……."

설무백은 선뜻 대답하지 못했다.

막상 그런 질문을 듣고 보니, 지금 자신이 무엇을 걱정하는 것인지 헷갈렸다.

"나도 잘 모르겠군."

공야무륵이 그럴 줄 알았다는 듯 특유의 무뚝뚝한 미소를 지으며 말했다.

"제가 보기에 주군은 가끔 스스로를 너무 과소평가하는 경향이 있습니다."

설무백은 무언가 알 것도 같고 모를 것도 같은 기분에 사로잡히며 물었다.

"왜 그런 말을 하는 거지?"

공야무륵이 우직하게 대답했다.

"지금의 주군은 고작 녹림 따위를 두고 전전긍긍하실 필요가 전혀 없는 분이라고 생각해서요."

"고작 녹림……?"

"다른 사람은 몰라도 주군에게는 고작이지요. 주군께서는 마음만 먹으면 녹림 따위는 언제든지 이 세상에서 지워 버릴 수 있는 분이시지 않습니까."

"그런가?"

"아닌가요?"

공야무륵이 두 눈을 멀뚱거리며 설무백을 바라보았다.

절대 그럴 리가 없다는 표정이었다.

설무백은 피식 웃었다.

"굼벵이도 구르는 재주가 있다더니……!"

공야무륵이 물었다.

"그 굼벵이가 전가요?"

"응."

설무백의 짓궂은 대답을 들은 공야무륵이 씩 누런 이를 드러내며 기분 좋게 웃었다.

"흐흐, 그럼 지금 제가 쓸 만한 말을 했다는 소리네요. 흐흐흐……!"

설무백은 기분 좋게 따라 웃으며 말했다.

"그래 네 말마따나 걱정할 필요가 없는 거였어. 그게 무엇이든 부족하면 부족하지 않은 것으로 바꾸면 그만이지. 내 손으로 말이야."

사람이 가끔 쉬운 길을 놔두고 어려운 길을 가는 이유는 두 가지 이유다.

하나는 몰라서고, 다른 하나는 그 길에서 얻을 것이 더 많다고 생각하는 경우다.

그러나 여태 그는 얻을 것이 전혀 없음을 알면서도 어려운 길을 쳐다보고 있었다.

공야무륵의 말이 그에게 그것을 깨닫게 해 주었다.

'할 수 있는 능력이 있는데 하지 않는 것은 바보지.'

설무백은 이내 마음을 다잡으며 물었다.

"산신군은 지금 어디에 있지?"

공야무륵이 대답했다.

"탕산의 개양채에 있는 압니다."

"사각보?"

"예."

설무백은 바로 신형을 날렸다.

"가자!"

안휘성의 북부 끝자락에 자리한 탕산에 웅거한 개양채는 서쪽과 북쪽, 남쪽으로 하남성과 산동성, 강소성의 성경계가 에워싸고 있어서 달리 사각보라고 불리는 녹림십팔채의 하나이고, 작금의 녹림도 총표파자인 산신군을 배출한 녹림 산채로써 녹림 총단의 역할을 대신하고 있었다.

그래서일까?

탕산에서 제법 멀리 떨어진 마을에까지 순풍(順風 : 녹림의 정찰대)들이 오가고, 탕산의 초입도 아닌 사방에 거포(拒捕 : 산채의 경비병)들이 깔려 있었다.

"아무리 그래도 이건 좀 심한 걸요?"

저녁노을에 붉어진 탕산의 능선이 저 멀리 보이는 관도였다.

관도의 한편에 의자까지 놓고 앉아서 시시때때로 오가는 사람들을 검문하는 산채의 거포들을 발견한 공야무륵은 이마에 굵은 주름을 만들며 고개를 갸웃거리고 있었다.

타고난 얼굴이 삭막해서 그렇지, 불쾌해서 화를 내는 것이 아니라 이상하다는 표정이었다.

"그러게."

설무백도 같은 생각이었다.

아무리 봐도 정상으로 보이지 않았다.

관군이나 포도아문의 포쾌(捕快 : 요즘의 경찰)들이 검문검색을 하는 자리에 산적들이 진을 치고 있는 것이다.

"무슨 일이 있나?"

설무백이 의아해하는 그때 멀리서부터 그들을 주시하고 있던 녹림도 하나가 다가왔다.

"어이, 너희들. 무슨 일로 어디를 가는 애들이냐?"

공야무륵이 투덜거렸다.

"어째 애들 교육이 엉망인데요? 여기까지 나와서 길목을 막고 검문할 정도면 아무리 못해도 산채의 거포일 텐데, 사람 보는 눈이 없는 것은 고사하고, 어째 실력도 없는 것 같은 걸요?"

사실이었다.

모든 녹림 산채는 순풍으로 삼 년을 굴리고 나서야 산채의 경비병인 거포가 된다.

말이 경비병이지, 사실 산채의 거포가 된다는 것은 이제야말로 진정한 산채의 식구가 되었다는 뜻인데, 그때부터 비로소 소두목들의 지도 아래 무공을 배울 수 있게 되기 때문에 그랬다.

즉, 녹림산채의 거포라는 것은 공히 무공을 익힌 산적이라는 의미가 되는 것이다.

그런데 지금 그들에게 다가서는 녹림도는, 소위 그들이 자기들끼리 부르는 말로 홍호자는 우락부락한 얼굴이 다일 뿐, 무공을 익힌 흔적이 전혀 없었다.

"세를 불린답시고 개나 소나 다 받아 줄 위인은 아닌데, 이상하네?"

설무백의 혼잣말을 지근거리로 다가선 녹림도가 얼핏 들은 모양이었다.

눈가의 칼자국으로 인해 가뜩이나 흉악한 얼굴을 더욱 흉악하게 일그러트리며 설무백에게 삿대질을 해댔다.

"야, 거기 너 백발 대가리! 방금 전에 뭐라고 지껄였어?"

설무백은 내심 그냥 지나쳐 갈 것을 괜히 모습을 드러냈다고 후회하면서도 쓸데없는 소란을 피우고 싶지 않아서 조용히 자신의 신분을 밝혔다.

"나는 풍잔의 설무백이라고 한다. 산신군을 만나러 왔으니, 괜한 소란 피우지 말고 조용히 물러서라."

"......!"

칼자국 사내가 흠칫했다가 이내 어처구니가 없다는 듯이 헛웃음을 흘렸다.

"내가 미친다, 정말! 이젠 아주 대가리만 하야면 개나 소나 다 설무백이라고 지랄…… 억!"

뒤쪽의 동료들을 일별하며 비웃던 칼자국 사내가 비명을 지르며 나가떨어졌다.

공야무륵이 나서며 뺨을 날린 것이다.

분명 손바닥으로 뺨을 맞았음에도 나가떨어진 사내는 죽었는지 살았는지 모르게 대자로 뻗어 있었다.

"뭐, 뭐야 저놈……!"

"뭐긴 뭐야! 어서 잡아 족쳐!"

뒤쪽에 있던 홍호자들이 우하고 달려들었다.

공야무륵이 발을 들어 가장 먼저 달려든 자의 턱을 걷어차서 저 멀리 날려 버리고, 그 뒤를 따르다가 놀라서 두 눈이 휘둥그레진 자의 사타구니를 걷어 올렸다.

"컥!"

"으......!"

두 사내의 비명과 신음이 교차하는 그 순간, 공야무륵은 이미 성난 표범처럼 순식간에 앞으로 나아가며 손과 발을 놀려서 나머지 서너 명을 때려눕혔다.

그때 누군가 부르짖었다.

"생사집혼!"

그리고 누군가 다급히 소리쳤다.

"머, 멈추시오!"

관도의 측면, 수풀이 우거진 비탈길이었다.

장대한 체구의 사내 하나가 부리나케 뛰어 내려오고 있었다.

그가 바로 공야무륵을 알아보고 소리친 사람인 것이다.

그 모습을 확인한 설무백은 픽 웃으며 공야무륵의 어깨를 두드렸다.

"내가 오가며 네 덕 많이 본다."

이유는 모르겠으나, 수풀에 몸을 숨기고 있다가 나선 거구의 사내는 관도에 진을 치고 있던 사내들의 수장이었다.

자신을 개양채의 소두목 서백(緖栢)이라고 밝힌 그 사내는 공 아무릇으로 인해 설무백을 알아보았고, 사색이 되어 사내들을 호되게 꾸짖고는 연신 굽실거리며 그들을 개양채로 안내했다.

탕산의 중지에 옹거한 녹림 산채 개양채는 거기서부터 관도로 십 리, 수풀이 우거진 산기슭을 거스르는 소로로 오 리를 더 가서야 도착할 수 있었다.

가는 도중에 그들은 개양채의 홍호자들이 진을 지고 있는 검문 초소를 무려 여덟 개나 통과해야 했는데, 이는 전적으로 개양채의 문신(門神 : 책사)인 이두호리 모초도의 의견을 수렴한 산신군의 명령이라는 것이 서백의 설명이었다.

"이유는 아나?"

"저야 당연히 모르죠. 저 같은 졸자가 윗분들의 속내를 어찌 알겠습니까. 막말로 까라니까 까는 거죠."

못내 불만이 서린 대답이었다.

설무백은 이것으로 작금의 녹림맹 정세를 어렵지 않게 유추할 수 있었다.

기실 하오문의 정보를 통해서 그가 알고 있는 작금의 녹림맹은 실로 변혁의 시기였다.

지난날 마교의 하수인을 등에 업고 벌어진 모반 사건 이후 대대적인 개편이 이루어진데다가, 지휘 체계가 자리 잡을 사이도 없이 매일매일 수많은 신진들이 등용되는 와중이라 그럴 수밖에 없었다.

세상이 어지러워지면 영웅호걸조차 녹림으로 몰려든다는 말이 있듯, 정말로 영웅호걸인지는 몰라도 번듯한 사문(師門)을 가지고 있던 자들도 녹림에 투신하는 바람에 더욱 그랬다.

상당한 무공을 소유한 그들을 말단 홍호자로 부리를 수는 없기에 상당 부분 지위를 내줄 수밖에 없는데, 그로 인해 기존의 소두목들과 그들 사이의 알력을 피할 수 없어서 지휘체계의 상당 부분 제 구실을 못하고 있는 것이다.

"녹림십팔채는 새롭게 구성되었나?"

"에이, 가당치 않지요. 녹림성회도 없이 어떻게 녹림십팔채를 꾸릴 수 있겠습니까."

녹림성회는 녹림맹이 십 년 주기로 한 번씩 열리는 녹림도들의 회합이다.

보통 녹림맹으로 통칭하는 녹림도의 조직을 부를 때 흔히들 녹림십팔채라고 하지만, 사실은 녹림칠이채라는 것이 정확한 명칭이고, 여기에는 소위 녹림맹의 정예로 불리는 녹림십팔채와 그 뒤를 잇는 영향력을 가진 산채들인 녹림삼십육향, 그리고 군소산채인 녹림십팔소가 포함되는데, 바로 녹림성회를 통해서 그들의 지위가 보장되거나 새롭게 정해지는 것이다.

"아직도……? 상황이 바뀌면 법칙도 바꿔야지. 산신군이 이렇게나 융통성이 없는 사람이었나?"

"그게 아니라 지금의 상황은 융통성으로 해결될 문제가 아닙니다. 아직도 여전히 녹림십팔채의 절반이 공석이고, 삼십육향과 십팔소의 경우도 지난번 일과 새롭게 발호한 산채들에게 밀려서 절반 이상이 와해된 상태입니다. 기존의 절반이 새로운 절반을 채워야 하는 일인 겁니다. 그게 어디 융통성만으로 해결되겠습니까. 실로 단호한 결의와 냉정한 결단이 필요한데, 누구도 쉽지 않죠, 그건."

서백이 말미에 씁쓸하게 웃으며 결론을 내리듯 한마디 덧붙였다.

"녹림은 철저한 사승내력으로 지휘 계통이 확립되어 있는 문파가 아니니까요."

설무백은 새삼스러운 눈빛으로 서백을 바라보았다.

장대한 체구와 어울리지 않게 상당한 달변인 것은 차치하고, 작금의 녹림이 가진 문제를 정확히 꿰뚫어 보고 있지 않은가.

'제법 기도도 출중하고.'

그는 물었다.

"소두목이라고?"

"예, 그렇습니다만?"

"누구 밑에 있지?"

"아, 저는……!"

서백이 멋쩍게 웃으며 대답하려는데, 누군가 불쑥 끼어들어서 말을 가로챘다.

"제 아우입니다."

저 멀리 개양채의 목책이 눈에 들어오는 비탈길이었다.

일단의 무리를 대동한 낯익은 얼굴 하나가 활짝 웃으며 다가오고 있었다.

녹림도 총표자 산신군의 의형제 중 막내인 허저였다.

"죄송합니다. 다른 볼일을 보던 중이라 연락을 받고도 마중에 늦었습니다."

설무백은 피식 웃으며 물었다.

"정말로 다른 볼일을 보던 중이라 늦은 거야?"

허저가 뒷머리를 긁적이며 멋쩍게 웃었다.

"아직 연락 체계가 제대로 확립되지 않아서 연락을 늦게 받았다는 얘기는 절대 제 입으로 할 수 없지요."

설무백은 여유로운 허저의 응대에 내심 고개를 끄덕였다.

근자에 허저가 녹림맹을 재정립하려고 애쓰는 산신군 밑에서 맹활약하며 마침내 전생의 그가 알고 있는 천인사도라는 별호를 얻었다는 얘기를 들었다.

과연 명불허전이었다.

이젠 정말 허저에게서 무림의 명숙들과 비견될 정도로 어엿한 고수의 풍모가 엿보였다.

"산신군은?"

"안에서 기다리고 계십니다. 제가 모시겠습니다."

목책의 문을 통과한 개양채의 영내는 비스듬한 비탈길 사이로 크고 작은 통나무집과 이엉이나 띠 따위로 지붕을 얹은 모옥들이 마을을 이룬 모습이었다.

녹림도 총표파자 산신군은 그와 같은 영내의 후방에 있는 아담한 통나무 전각의 앞마당에서 설무백을 기다리고 있었다.

다만 혼자가 아니었다.

마당에는 이십여 명의 사람들이 커다란 원을 그리는 형태로 둘러앉아 있었다.

그중에는 녹림맹의 문신인 이두호리 모초도를 포함해서 산신군의 수족이라는 추혼십절 구중선과 구룡편 노량 등 설무백이 안면을 익힌 인물들뿐만 아니라, 처음 보는 낯선 인물들도 다수였다.

설무백이 본의 아니게 그들을 둘러보는 사이, 벌써부터 일어나 있던 산신군이 다가오며 반갑게 인사를 건넸다.

"어서와. 설 가 자네가 여긴 어쩐 일이야 이 시국에?"

"그냥 걱정돼서."

"걱정되다니, 뭐가?"

"몰라서 그래? 내가 손을 잡은 사람들 중에서 녹림이 가장 불안하잖아."

무슨 논의를 하는 중이었는진 모르겠으나, 설무백이 들어서는 순간부터 장내는 물이라도 뿌린 것처럼 조용해진 상태였다.

그래서 장내에 있는 사람들 모두가 그들의 대화를 똑똑히 듣고 있었다.

그 때문으로 보였다. 장내의 분위기가 바뀌었다.

불쾌함으로 가득한 분노의 기류가 장내를 잠식하고 있었다.

산신군이 이내 장내의 분위기를 간파한 듯 설무백을 향해 어색한 미소를 흘렸다.

"미안, 미안. 애들 중에 아직 자네와 나 사이를 제대로 모르는 애들이 있어서 말이야."

그는 바로 돌아서서 장내를 둘러보며 눈살을 찌푸렸다.

"왜들 이래? 분위기 파악 안 되냐?"

끓어오르던 분노의 기류가 조용히 가라앉았다.

완전히 가라앉은 것은 아니지만, 적어도 앞서처럼 대놓고 분노를 드러내는 사람은 없었다.

산신군이 다시 말했다.

"혹시 모르니 다시 얘기해 주마. 이 친구는 설무백이고, 나와는 서로 마음이 통해서 나이를 떠나 교류하는 친한 친구다. 다들 새겨듣고 잊지 마라."

"예."

"예, 알겠습니다."

여기저기서 대답이 나왔다.

그들 전부 다 설무백이 초면인 사람들이었다.

산신군이 그제야 설무백을 향해 다시금 환하게 웃으며 자리를 권했다.

"어째 할 말이 많은 표정인데, 인사는 나중에 하고 우선 합석할래? 마침 지금 우리가 논의하는 문제도 자네하고 연관이 되어 있으니까."

"그러지, 그럼."

설무백은 거부하지 산신군이 권하는 자리에 앉았다.

장내에서 홀로 서 있던 이두호리 모초도의 안색이 일순 곤혹스럽게 일그러졌다.

산신군이 그에 아랑곳하지 않고 설무백의 옆에 앉으며 슬쩍 공야무륵 등을 돌아보았다.

"자네들도 앉지?"

철면신이 아무런 대꾸도 없이 설무백의 뒤로 가서 시립했다.

공야무륵이 고고매와 함께 그 곁으로 가서 시립하며 특유의 무뚝뚝한 어조로 말했다.

"우리는 이게 편합니다."

"뭐, 그럼 그러든지."

공야무륵의 우직한 충직(忠直)을 익히 잘 아는 산신군은 대수롭지 않게 수긍했다. 그리고 허저가 설무백을 안내한 서백을 물러나게 하고 본래의 자리로 돌아가 앉은 것을 확인하며 모초도를 향해 다시 말했다.

"이제 됐으니까, 하던 얘기 계속해."

여전히 곤혹스러운 표정을 지우지 못하고 있던 모초도가 어색한 미소를 흘리며 물었다.

"귀한 친구 분도 오셨는데, 나중에 다시 논의하는 것이 어떻겠습니까?"

산신군이 단호하게 손을 내저으며 말했다.

"아니, 그냥 해. 어차피 이 문제는 이 친구에게 조언을 구할 참이었으니까. 내가 말해 주는 것보다는 직접 보는 게 백 번 낫잖아."

"아, 예…… 알겠습니다."

모초도가 어쩔 수 없다는 듯 대답하며 한숨을 내쉬었다.

순간, 장내의 분위기가 한층 무겁게 변했다고 느껴진 것은 단지 기분 탓이 아닐 것이다.

은연중에 그런 장내의 눈치를 살핀 모초도가 이내 헛기침을 시작으로 어렵사리 말문을 열었다.

"험험! 에, 그래서…… 다시 말하면 몇몇 쌍산(雙山 : 녹림산채의 두목)들의 주장은 이제 우리가 굳이 결사대를 조직해서 마교를 기습할 이유가 없고, 설령 결사대를 조직한다고 해도 거기에 얽매이지 않고 따로 병력을 꾸려서 나서자는 겁니다. 우리 녹림에서 고작 오십 명의 인원만을 선발하는 것은 문제가 있다, 이 얘기지요. 따라서 총표파자께서 이를 안건에 붙이고, 모두의 의견을……!"

"질문 있소."

누군가 번쩍 손을 쳐들며 모초도의 말을 끊었다.

모초도가 바라보고, 좌중의 시선도 일제히 그에게 쏠렸다.

장대한 체구에 송충이처럼 짙고 시꺼먼 눈썹과 부리부리한 호목의 중년사내, 녹림도 총표파자의 직계인 녹림개양의 쌍산인 패천일도 석계묵이었다.

그 석계묵이 모초도의 허락을 기다리지 않고 삼엄하게 좌중을 훑어보며 재우쳐 물었다.

"먼저 그것을 주장하는 몇몇 쌍산이 대체 누구인지부터 밝혀 주시겠소?"

모초도가 대답 대신 고개를 돌려서 한 사람을 바라보았다.

좌중의 시선이 그쪽으로 쏠렸다.

온갖 산짐승의 가죽을 이어 붙여서 만든 복장에 하얗게 센 수염이 덥수룩해서 거칠게 보이는 장신의 노인이었다.

검은 얼굴, 작은 뱀눈의 소유자라 웃고 있어도 차가운 느낌이 드는데, 실제로 잔인하고 냉혹한 손 속으로 유명한 녹림천선의 쌍산인 소면나찰 자광이었다.

"이거 쑥스럽구먼."

자광이 입가의 미소를 한층 짙게 드리우며 말했다.

"다른 분들의 속내는 잘 모르겠고, 나는 강력히 주장하는 바요. 대체 우리 녹림이 뭐가 아쉬워서 구대문파가 주도하는 무림맹의 손에 놀아나겠다는 건지 모르겠소. 그들이 무슨 생각을 가지던 우리는 우리 대로 행동하자는데, 그게 뭐 잘못된 거요?"

좌중을 향해 말하고 있는 것 같지만, 실상은 산신군에게 들으라고 하는 소리였다.

좌중을 한차례 휩쓴 그의 시선이 산신군에게 고정되고 있었다. 와중에 한 사람이 나서며 자광의 말에 동의했다.

"본인 역시 같은 생각이오."

살짝 위로 치켜 올라간 입꼬리를 가지고 있어서 말을 할 때도 웃는 얼굴이라 오만해 보이기도 하고, 여유롭게 보이기도 하는 얼굴의 중늙은이, 녹림천기의 쌍산인 소면귀수 송악이었다.

좌중의 시선이 쏠리자, 그가 재우쳐 말했다.

"우리가 왜 녹림에 살고 있소? 누구에게도 거리끼거나 얽매이지 않으며 살려고 녹림에 사는 것이 아니겠소. 내친김에 어디 한번 다들 솔직하게 대답해 보시오. 대체 우리들이 왜 무림맹의 말을 듣고 따라야 하는 거요?"

장내가 찬물을 끼얹은 것처럼 고요해졌다.

그럴 수밖에 없는 것이, 녹림맹의 핵심은 녹림십팔채는 전통적으로 밤하늘에서 가장 밝게 빛난다고 알려진 십팔대천강의 이름을 가지며, 그중에서도 가장 뛰어난 일곱 개의 산채는 천추, 천선, 천기, 천권, 옥형, 개양, 요광이라는 북두칠성의 이름을 가졌다.

요컨대 지금 나선 두 사람은 녹림맹에서 가장 강하다는 일곱 개의 산채 중에서 두 산채의 주인인 것이다.

하물며 지금 이 자리에는, 아니, 더 나아가서 작금의 녹림맹에는 북두칠성의 이름을 가진 나머지 다섯 산채 중 세 산채인 천권채와 옥형채, 요광채가 빠져 있었다.

그들, 산들은 지난날 모반에 실패함하며 각기 채주들과 그 측근들이 죄다 처단되는 통에 작금에 와서는 녹림십팔채는 고사하고 녹림삼십육향에도 못 미치는 어중이떠중이 산채로 전락해 버려서 지금의 자리에 끼지도 못하는 처지인 것이다.

한순간에 고요해진 장내의 분위기는 바로 그래서였다.

소면나찰 자광과 소면귀수 송악이 나섰다는 것은 작금의 녹림맹에서 가장 강한 네 개의 세력 중 두 개의 세력이 나섰다는 뜻이기 때문이다.

그때였다.

"틀린 말은 아니지."

설무백이었다.

그는 앉은 자세 그대로 팔꿈치를 무릎에 붙인 손으로 턱을 괴며 고개를 끄덕이고 있었다.

그리고 재우쳐 물었다.

"근데, 마교가 설칠 때는 어디서 뭐 하고 처박혀 있다가 이제 와서 왜?"

그는 정말이지 같잖아서 못 봐주겠다는 표정으로 자광과 송악을 번갈아 보며 대놓고 비웃었다.

"마교가 철수한다는 얘기를 듣고 나니까 이제 좀 설쳐도 되겠다 싶은 거야?"

폭풍전야暴風前夜 (5)

"뭐, 뭐라고?"

소면나찰 자광과 소면귀수 송악이 누가 먼저랄 것도 없이 동시에 자리를 박차고 일어났다.

붉게 달아오른 얼굴, 푸른빛이 감도는 그들의 눈빛이 모든 것을 말해 주고 있었다.

심중의 분노가 용암처럼 비등하고 있는 것이다.

그리고 그건 그들만이 아니었다.

"말이 너무 심하다!"

"지금 여긴 녹림의 총회다! 객이 나서서 짖고 까불 자리가 아니다!"

여기저기서 소리치며 분분히 자리를 박차고 일어나는 자들이 있었다.

장내가 노도처럼 일어난 불쾌한 기운과 싸늘하면서도 뜨거운 분노의 기류로 삭막해졌다.

감히 타인이 녹림의 일에 끼어든 것에 대한 모두의 불쾌함과 자광과 송악을 지지하는 자들의 분노였다.

다들 거칠어진 숨들을 다독이며 예의를 지키려고 애쓰고 있지만, 그들이 은연중에 뿜어내는 분노의 기류는 장내를 대번에 살벌한 분위기로 변화시키고도 남음이 있었다.

언제라도 불씨만 생기면 그대로 폭발해 버릴 화약고와 같은 분위기, 더할 수 없이 팽팽한 긴장감이 가느다란 실낱 끝에 매달려 있는 상황이었다.

그러나 문제는 이쪽도, 바로 설무백도 화가 났다는 사실이다.

기실 설무백이 고심 끝에 녹림을 방문한 것은 직접 나서서 산신군을 돕기 위해서였고, 그 이면에는 결전에 참가하는 다른 세력들에 비해 녹림이 상대적으로 어려운 시기를 겪고 있다고 판단했기 때문이다.

그런데 이 정도일 줄은 몰랐다.

이건 그저 내부의 사정이 어려운 정도가 아니라 실세들이 대놓고 반기를 들며 모반을 꿈꾸는 형편이지 않은가 말이다.

"심해? 뭐가?"

설무백은 느긋하게 앉은 자세 그대로 고개를 쳐들고 피식 웃는 낯으로 자리를 박차고 일어난 소면나찰 자광과 소면귀수

천왕천의
주인

송악을 쳐다보았다.

누가 봐도 실로 같잖은 언행이 눈에 거슬려서 웃기지도 않는다는 표정이었다.

자광과 송악이 분노에 가득한 눈빛으로 그의 시선을 마주하다가 이내 산신군에게 고개를 돌렸다.

지금 이게 뭐냐고, 대체 무슨 생각으로 이런 자를 자리에 앉힌 거냐고 따지는 눈빛이었다.

산신군이 어깨를 으쓱하며 태연하게 말했다.

"아, 이제 보니 내가 자네들에게 말해 주지 않았군. 그거 말이야. 결사대를 추리는 거사. 그거 무림맹이 아니라 여기 이 친구가 주도하는 일이야. 그러니 우리 녹림이 어떤 결정을 내리는지 이 친구도 알 권리가 있다고 볼 수 있지."

"……!"

자광과 송악의 얼굴이 일그러졌다.

놀라고 당황해서 어찌할 바를 모르는 표정이었다.

여기저기서 토해지는 분노로 부글부글 끓던 장내의 분위기도 한순간 바뀌었다.

다들 서로서로 눈치를 보느라 어수선해졌다.

설무백은 슬쩍 산신군을 바라보았다.

의외의 상황이긴 그도 마찬가지였다.

산신군이 이렇듯 대놓고 까발릴 줄은 몰랐다.

거사를 주도하는 사람이 그라는 것은 일부 소수를 제외하곤 절대 알리지 않기로 되어 있는 극비인 것이다.

"아무리 그래도 알 사람은 다 알고 있어."

산신군이 지나가는 말처럼 한마디 하며 천연덕스럽게 설무백의 시선을 외면했다.

설무백은 내심 고소를 금치 못하면서도 내색을 삼가며 자리에서 일어났다.

이런저런 사정을 떠나서 이미 기호지세(騎虎之勢)였다.

"마교가 철수한다고 하니까 이제 만만해 보이나? 개떼처럼 달려들어서 물어뜯으면 다 죽일 수 있을 것 같아?"

대답하는 자는 없었다.

자광과 송악은 물론, 설무백의 말에 분노를 토하며 자리를 박차고 일어난 자들도 하나같이 눈동자를 굴리기에 바빴다.

어떤 행동이 자신들에게 이로운지 제대로 판단이 서지 않는 모양이었다.

설무백은 대답을 기다리지 않고 그런 그들을 예의 주시하며 다시 말했다.

"정말 그렇게 생각한다면 기회를 주지. 공야무륵!"

"옙!"

불시에 호명했음에도 불구하고 공야무륵이 기다렸다는 듯 바로 대답하며 그의 곁으로 나섰다.

"이번 거사에 나와 함께 선봉에 나설 사람이다. 누구라도 좋으니 나와서 이 사람과 싸워 봐라. 어떤 식으로든 삼 초만 견디

천외천의
주인

면 오십 명이 아니라 백이면 백, 천이면 천 죄다 이번 거사에 참가시켜 주도록 하지."

침묵한 채 눈치를 보며 설무백의 말을 듣고 있던 자광이 비틀린 미소를 지으며 나섰다.

"그건 너무 우리를 무시하는 처사로 보이는구려. 생사집혼 공야 대협의 명성을 폄하하려는 의도는 전혀 없으나, 아무리 그래도 고작 삼 초라니, 너무 심하지 않소."

설무백은 충분히 이해한다는 듯 고개를 끄덕이며 공야무륵을 향해 물었다.

"어떻게 생각해?"

공야무륵이 씩 누런 이를 드러내며 대답했다.

"삼 초는 무리입니다."

자광을 비롯한 송악 등이 그럴 줄 알았다는 듯 웃는 낯으로 고개를 끄덕였다.

비웃는 것이었다.

공야무륵이 그 순간에 웃는 얼굴 그대로 말을 더했다.

"이 초로 하지요."

자광과 송악 등의 얼굴이 한 방 맞은 표정으로 굳어졌다.

설무백이 그러거나 말거나 가만히 상관하지 않고 물었다.

"그래도 되겠어?"

"싸움이라면서요?"

"그랬지."

"그럼 사실 이 초도 아깝죠."

실로 의미심장한 말이었으나, 이에 주목하는 사람은 없었다.

다들 고작 이 초라는 말을 듣고 충격에 빠져 버린 까닭이었다.

설무백은 그에 아랑곳하지 않고 자광을 바라보며 빙그레 웃었다.

"그렇다고 하는군."

자광의 낯빛이 얼음처럼 싸늘하게 굳어졌다.

송악 등, 자리를 박차고 일어난 나머지 사내들 역시 공야무륵을 잡아먹을 듯이 노려보고 있었다.

와중에 자광이 씹어뱉듯 말했다.

"정중하게 충고하는데, 다시 한번 생각해 보시오. 후회는 아무리 빨라도 늦는 법이니까."

공야무륵이 대수롭지 않게 저벅저벅 앞으로 걸어 나가며 귀찮다는 듯이 말했다.

"남아일언중천금(男兒一言重千金)이라는 말도 모르나? 괜한 말로 시간 끌지 말고 누구든 나설 사람이 있으면 어서 나서 봐. 누가 먼저 나설 거야?"

자광의 눈이 독기가 서렸다.

"추굉(秋轟)!"

"옙!"

자광의 호명과 동시에 곁에 서 있던 험상궂은 사내가 고개를 숙이며 대답했다.

자광이 공야무륵에게 시선을 고정한 채로 명령했다.

"어디 한번 네가 나서 봐라!"

"옙!"

거듭 고개를 숙이며 대답한 추궝이 뚜벅뚜벅 공야무륵을 향해 앞으로 나섰다.

끝이 높게 치솟은 눈썹과 사나운 눈빛, 거칠게 자란 수염이 성미를 말해 주는 그는 장내에서 비교적 어린 삼십대로 보였는데, 다른 누구 못지않게 뛰어난 기도의 소유자였다.

그러나 공야무륵은 그런 추궝을 보고 않고 있었다.

그는 명령을 내리고 물러난 자광을 바라보며 떨떠름한 표정으로 입맛을 다셨다.

"뭐야, 시시하게? 직접 나서는 게 아니었어?"

자광의 눈빛이 대변했다.

극단적인 분노에 맞닥뜨린 사람이 그러하듯 차갑게 가라앉은 눈빛이었다.

그는 애써 분노를 삭이는 표정으로 코웃음을 쳤다.

"다른 사람이라면 또 모를까, 당신은 아니지."

말을 끝맺기 무섭게 그의 시선이 설무백에게 돌려졌다.

다른 사람이란 바로 설무백을 뜻하는 것이다.

설무백은 피식 웃었다.

그리고 마치 사고를 친 어린아이를 타이르듯 조용히 말했다.

"그것 참 건방지기 짝이 없는 눈길이네. 그러지 마. 그러다가 정말 죽어."

천박할 정도로 직설적인 경고였다.

그래서인지 자광이 겁을 먹는 게 아니라 한 방 맞은 듯한 표정이 되어 버렸다.

그때 녹림의 요인들이 둘러앉은 원의 중앙으로 나선 추굉이 먼저 나와서 기다리고 있던 공야무륵과 대치하며 공수했다.

"녹림천선의 소두목인 추굉이오!"

공야무륵은 별 이상한 놈을 다 본다는 듯이 추굉을 바라보며 끌끌 혀를 찼다.

"인사는 무슨……! 너는 싸울 때 인사부터 하냐? 나는 안 그러니까 쓸데없는 짓거리 마라!"

동시에 그의 선공이 시작되었다.

말이 끝나기 무섭게 그의 신형이 일체의 사전 동작도 없이 앞으로 쏘아졌다.

실로 눈부신 속도였다.

시위를 떠난 화살처럼, 아니, 그보다 빠른 섬광과 같았다.

움직였다 싶은 순간에 벌써 추굉의 면전에 도착해서 손을 쳐들고 있는 공야무륵이었다.

어느새 뽑아 든 도끼를 쥐고 있는 손이었다.

원래 두 사람은 사오 장 거리를 격하고 대치한 상태였으나.
그 거리는 한순간에 사라져 버리며 추굉의 머리 위로 벼락같은 기세가 떨어져 내렸다.

다라제칠경 무량속보와 마라추살부법의 일단계인 섬화(閃火)의 절묘한 조화였다.

"헉!"

추굉은 기겁했다.

그는 본능적으로 뽑아 든 칼을 휘둘러 떨어지는 도끼를 막으며 뒤로 뛰었다.

아니, 그러려고 했다.

그러나 공야무륵이 휘두른 도끼는 그가 그렇게 막을 수 있는 것이 아니었다.

쨍―!

거친 금속성이 터지며 추굉의 칼이 박살 났다.

그 뒤로, 산산조각 난 칼의 파편이 사방으로 비산하는 와중에 둔탁하면서도 섬뜩한 파열음이 났다.

퍽―!

칼과 충돌하고도 전혀 속도가 줄어들지 않은 공야무륵의 도끼에 추굉의 머리가 수박처럼 박살 나는 소리였다.

붉은 피와 허연 뇌수가 사방으로 튀었다.

머리를 잃은 추굉의 몸이 뒤늦게 바닥으로 고꾸라지며 피를 뿜어내기 시작했다.

죽음과 같은 고요가 장내를 잠식해 버렸다.

누구도 입을 열지 않고, 누구도 움직이지 않았다.

그만큼 모두에게 충격이었다.

그 속에서.

툭툭―!

공야무륵은 수중의 도끼를 내리고 발로 몇 차례 걷어차서 거기 묻은 피와 뇌수를 털어 냈다.

그러고 나서 그는 아무렇지도 않게 본래의 자리로 돌아가서 자광 등을 둘러보며 물었다.

"다음은 누구?"

심드렁한 공야무륵의 목소리가 한순간 멈추어진 것 같던 장내의 시간을 다시 움직이게 만들었다.

자광이 정신을 차리며 악을 썼다.

"대체 이게 무슨 짓이야!"

공야무륵은 특유의 아둔해 보이는 태도로 성난 자광의 시선을 마주하며 두 눈을 끔뻑거렸다.

"무슨 짓이라니……?"

"비무에서 상대를 이렇게 죽이는 법이……!"

"비무 아닌데? 싸움인데?"

"……!"

자광이 악을 쓰느라 벌린 입을 다물지 못한 채 그대로 굳어졌다.

설무백이 비무가 아니라 싸움이라고 했던 말이 이제야 그의 뇌리에서 종처럼 울린 까닭이었다.

공야무륵이 그런 그의 태도를 다른 쪽으로 오해한 것처럼 미간을 찌푸리며 말했다.

"설마 슬슬 봐주면서 싸워 달라는 거야? 안 돼, 그건. 그런 싸움이 어디에 있어. 아니, 뭐 있기는 하겠지만, 나는 그런 싸움 할 줄 몰라. 그랬으면 애초에 싸움이 아니라 비무를 하자고 했어야지."

"……"

말문이 막힌 표정인 자광의 눈가에서 파르르 경련이 일어났다.

그는 분노에 겨운 듯 전신을 부들부들 떨며 산신군을 바라보았다.

산신군은 이미 이런 사태가 벌어질지 예상하고 있었던 것 같았다.

태연하게 그의 시선을 마주하며 어깨를 으쓱이고 있었다.

공야무륵이 그에 아랑곳하지 않고 찌푸린 얼굴로 좌중을 둘러보며 채근했다.

"뭐야? 더는 없는 거야?"

공야무륵의 채근을 듣고도 선뜻 나서는 사람이 없었다.

다들 서로서로 눈치만 보고 있었다.

그럴 수밖에 없는 일이었다.

방금 공야무륵의 손에 죽은 추귕은 녹림천선의 차기 쌍산에 오를 인물로 알려졌을 정도로 녹림천선의 소두목들 중에서 최강으로 알려진 고수였다.

그런 고수가 고작 일수에 머리가 박살 나서 죽어 버렸으니, 누가 감히 선뜻 나설 수 있을 것인가.

다들 저마다 쌍산들의 눈치만 보고 있는 것이다.

자광이 그런 장내의 상황에 격분한 듯 빠드득 소리가 나도록 이를 갈며 나섰다.

"다음은 나다!"

공야무륵이 예의 누런 이를 드러내고 씩, 웃으며 자광에게 시선을 돌렸다.

"진즉에 그랬어야지. 모름지기 솔선수범을 해야 예하의 애들이…… 응?"

공야무륵이 하던 말을 그치며 눈을 멀뚱거렸다.

자광의 눈은 그를 보고 있지 않았다.

설무백에게 시선을 고정하고 있었다.

도발이요, 도전의 눈빛이었다.

"감히 지금 누굴 보고 있는 거지?"

공야무륵은 분노했다.

설무백을 무시하는 행위는 그 어떤 것보다도 그를 분노케 하는 일인 것이다.

설무백이 슬쩍 손을 들어서 그런 공야무륵의 분노를 누르며 자광을 향해 물었다.

"지금 나와 싸우자는 건가?"

천외천의
주인

자광이 살기 어린 미소를 입가에 머금으며 대답했다.

"몽둥이에 맞았다고 몽둥이를 탓할 수는 없지 않소. 몽둥이를 휘두른 사람을 탓해야지요."

설무백은 무심하게 말을 받았다.

"왜 몽둥이에 맞았는지는 전혀 생각하지 않나 보지?"

자광이 자못 아무렇지도 않게 대꾸했다.

"일천결사의 시험이야 설 대협이 해도 되는 거 아니겠소."

설무백은 특유의 미온한 미소를 지으며 슬쩍 고개를 돌려서 산신군을 바라보았다.

산신군이 어색하게 웃는 낯으로 어깨를 으쓱했다.

알아서 하라는, 이건 자기도 막을 이유가 없는 상황이라는 태도로 읽혔다.

"실수하는 것 같은데?"

산신군에게 하는 말이었는데, 자광이 듣고 오해하고는 살기어린 눈빛을 드러낸 채 능글맞게 웃으며 대답했다.

"모르시나 본데, 본인은 스스로 책임질 수 없는 실수는 절대하지 않는 사람이오."

설무백은 슬쩍 지나가는 말처럼 물었다.

"내가 더 만만해 보여서는 아니고?"

자광이 말도 안 된다는 표정으로 부정했다.

"그럴 리가 있겠소. 설 대협의 명성이야 귀가 따갑게 들어온 처지인 것을요."

"그렇다면야……."

설무백은 가볍게 고개를 끄덕이며 앞으로 걸어 나갔다.

"받아 주지 않을 수가 없지."

자광이 가뜩이나 뱀처럼 작은 두 눈을 더욱 가늘게 좁히며 칼을 뽑아 들었다.

송곳처럼 끝이 가늘고 뾰족한 협봉도였다.

살기가 비등했다.

장내의 분위기가 묘하게 일렁거렸다.

무언가 기대하는 기운이 가득해서 소리 없이 수선스러운 분위기였다.

당연하게도 자광에 대한 기대였다.

만만하게 보는 것이 아니라는 자광의 대답이 진실이 아닐 수도 있다는 방증이기도 했다.

그도 그럴 것이, 장내의 분위기가 말해 주듯 자광은 녹림의 모두가 인정하는 고수인데 반해, 설무백은 능력의 실체가 모호한 사람이었다.

막말로 말해서 소문만 무성했지 실제로 설무백이 싸우는 것을 직접 견식한 사람이 지금 장내에는 거의 없었다.

자광이 공야무륵을 마다하고 설무백을 택한 이유가 그 때문일지도 모른다는 얘기였다.

소위 만만하게 보는 것이다.

설무백은 그런 장내의 분위기를 예리하게 감지하며 내심 고

천외천의
주인

소를 금치 못했다.

지금 그의 눈에는 태세를 취하고 있는 자광의 허실이 손바닥처럼 뚜렷하게 보였기 때문이다.

이걸 그냥 넘어가면 그가 아닐 것이다.

"삼 초라는 건 당신에게도 유효해."

자광의 눈에 독기가 서렸다.

그러면서도 입으로는 애써 웃으며 대답했다.

"그렇다면야 고마운 일이지요."

설무백은 피식 따라 웃으며 손가락을 까딱였다.

"그럼 덤벼, 먼저."

자광의 입가에 떠오른 미소가 짙어졌다.

"마다하지 않지요!"

말이 끝나기도 전에 움직인 그가 쾌속하게 쇄도하며 칼을 뻗어 냈다.

빠르고 예리했다.

쐐애액―!

예리한 파공음 아래 직선으로 찌르는 듯 뻗어진 칼날이 갑자기 떨어져서 바닥을 스치고, 스친다 싶은 순간에 아래에서 위로 솟구쳐 오르며 설무백의 목을 노렸다.

"와······!"

사방에서 탄성이 터졌다.

실로 그만큼 절묘한 공격, 단순하면서도 파괴적이고, 과격하면서도 예리한 칼질이었다.

　물러서는 것 외에는 마땅히 대항할 방법이 없어 보였는데, 설무백은 물러서지 않았다.

　척—!

　설무백은 그대로 서서 한 손을 내밀었다.

　왼손이었다.

　그 손이 쇄도하는 자광의 칼날을 잡아챘다.

　자광의 눈이 번뜩였다.

　"가소로운! 무림십대흉기에 속하는 갈미자(蝎尾刺)를 맨손으로 잡으려 들어?"

　설무백의 수중에 들어간 협봉검, 무림십대흉기의 하나라는 갈미자의 서슬이 줄을 당긴 팽이처럼 돌아갔다.

　설무백의 손아귀를 갈기갈기 찢어 버리려고 자광이 반사적으로 칼날을 돌린 것이다.

　그러나 설무백의 손아귀는 아무렇지도 않았다.

　분명 갈미자의 서슬은 설무백의 손아귀 안에서 팽이처럼 돌아가고 있었으나, 자광의 의도와 달리 설무백의 손에 아무런 상처도 내지 못하고 있었다.

　카르르르—!

　마치 쇠와 쇠가 비벼져서 갈리는 듯한 소음이 일어나며 불꽃이 튀었다.

　자광의 갈미자를 움켜잡은 설무백의 손아귀에서 일어나는 현상이었다.

그와 동시에 설무백의 오른손이 자광의 목을 향해 뻗어졌다.

"헉!"

자광은 헛바람을 삼켰다.

뻗히 다가오는 설무백의 손을, 정확히는 엄지와 검지 사이의 손날을 정확히 바라보면서도 그는 물러나기는커녕 피하지도 못했다.

피할 수가 없었다.

자광으로서는 다른 여지가 없는 일이었다.

설무백의 손 속은 느리게 보일 뿐, 결코 느리지 않았기 때문에, 오히려 벼락보다도 더 빨랐기 때문에 그랬다.

설무백의 손날은 여지없이 자광의 목을 치며 움켜잡아 버렸다.

"컥!"

자광이 절로 혀를 빼물었다.

그리고 일체의 다른 반항도 하지 못한 채 그대로 죽어 버렸다.

순간적으로 가해진 손날의 힘이 그의 목뼈를 부러뜨리며 숨을 끊어 버린 결과였다.

자광의 머리가 정상이라면 도저히 그럴 수 없는 방향으로 꺾어져서 덜렁거렸다.

장내가 의혹과 불신으로 고요해졌다.

다들 방금 자신들이 대체 무슨 일을 목도한 것인지 인지할 시간이 필요했기 때문이다.

다만 사태를 제대로 인지한 사람은 거의 없었다.

자광이 죽었다는 사실은 인지했으나, 그가 어떻게 죽었는지는 알지 못했다.

설무백은 그사이 자광의 주검을 옆으로 툭 던져 놓고 녹림천기의 쌍산인 소면귀수 송악에게 시선을 주었다.

"다음은 당신?"

"……!"

송악이 대답 대신 부르르 몸서리를 쳤다.

생사를 논하는 싸움을 해도 항상 입가의 미소를 지우지 않아서 달리 소리장도라는 별명까지 가진 천하의 냉혈한인 그가 두려움에 몸을 떨고 있었다.

지금 그의 두 눈으로 확인한, 아니, 확인하고 있는 설무백의 신위가 그만큼이나 압도적이었던 것이다.

설무백은 그에 아랑곳하지 않고 조용히 채근했다.

나직해서 더욱 싸늘하게 느껴지는 목소리였다.

"나서지 않을 건가?"

송악이 재차 몸서리를 치며 말을 더듬었다.

"나, 나는……!"

설무백은 추상같이 호통을 쳤다.

"어서 나서!"

송악이 흠칫 놀라며 뒷걸음치다가 엉덩방아를 찧었다.

분노한 설무백의 기상 아래 고양이 앞의 쥐처럼 완전히 주눅이 들어 버린 모습이었다.

일순, 설무백의 눈빛이 불타올랐다.

동시에 그의 손이 번개처럼 휘둘러졌다.

번쩍-!

섬광이 일어나며 더없이 예리한 파공음이 공기를 갈랐다.

설무백의 손에서 시작된 섬광이 엉덩방아를 찧은 채 주저앉아 있는 송악의 다리 사이에 꽂혔다.

이기어술로 날아간 한 자루 양날창, 흑린이었다.

"으허……!"

송악이 기겁하며 엉덩이를 뒤로 끌었다.

그런 그의 가랑이 사이가 축축하게 젖어들고 있었다.

너무 놀란 나머지 어린아이처럼 오줌을 지리고 만 것이다.

송악 정도의 고수가 너무 놀라서 혹은 겁에 질려서 오줌을 지린다는 것은 실로 있을 수 없는 일이었다.

그러나 지금 그런 일이 벌어졌다.

그것도 수많은 사람들이 지켜보는 앞이었다.

송악이 약해서가 아니었다.

제아무리 강한 힘도 그보다 더 강한 힘 앞에서는 무력할 수밖에 없는 것이다.

송악이 이내 그것을 인정했다.

그는 처박듯이 깊게 고개를 숙여서 설무백의 시선을 피하며 기어 들어가는 목소리로 말했다.

"나, 나는 싸, 싸우지 않겠소. 하, 항복이오."

설무백은 송악을 향해, 정확히는 송악의 벌어진 다리 사이에 꽂힌 흑린을 향해 손을 내밀었다.

흑린이 흡사 살아 있는 생명체처럼 꿈틀거리며 뽑혀져서 그의 손으로 날아왔다.

척—!

설무백은 수중으로 돌아온 흑린을 발치에 꽂아 두고 송악을 외면하며 장내를 훑어보았다.

"그럼 다음으로 누가 나설 테냐?"

엄청난 위압감이 일어나서 장내에 있는 모든 사람들의 어깨를 무겁게 짓눌렀다.

시선을 마주하기는커녕 섣불리 고개조차 들 수 없을 정도의 존재감이 설무백의 두 눈에서 뿜어지고 있었다.

가히 태산이요, 천신 같은 기상이었다.

그 앞에서 나서는 사람은 있을 수 없었다.

죽음과 같은 고요가 장내를 뒤덮었다.

설무백이 무심한 듯 냉정한 태도로 그 고요를 깼다.

"허기를 채우고 나면 술이 간절하고, 술을 마시고 나면 여자가 생각나는 것이 어쩔 수 없는 사내의 본성이라는 것은 나도 안다. 하지만 그걸 참을 수 있는 것 또한 사내가 가진 능력이다.”

나직하지만 준엄한 그의 목소리가 새삼 장내를 압도했다.

그런 말미에 그는 거칠게 발을 굴렀다.

쿵—!

땅은 꺼지지 않았으나, 대지가 지진을 만난 것처럼 진동하며 주변의 공기가 우렁우렁 요동쳤다.

실로 무지막지한 공력이 가미된 발 구름인 것인데, 그 뒤로 설무백의 준엄한 호통이 이어졌다.

“적을 물리친 것도 아니고, 적이 스스로 물러간 거다! 그들이 무슨 생각을 하고 있는지는 누구도 모른다! 이런 마당에 집안싸움이라니, 이게 말이 되나!”

장내의 모두가 고개를 숙였다.

하다못해 은연중에 작금의 사태를 주도한 산신군도 씁쓸한 표정으로 그의 시선을 피했다.

실로 모두가 입이 열 개라도 할 말이 없다는 태도였다.

“해서, 이번 거사를 계획하고 또 주도하는 사람으로서 내 결정은 이거다!”

설무백은 새삼 불타는 시선으로 좌중을 쓸어보며 단호하게 선언했다.

“녹림에서 이번 거사에 나설 수 있는 사람은 없다!”

모두가 침묵하는 가운데, 딴청을 부리고 있던 산신군이 화들짝 놀라며 나섰다.

"어, 어이, 젊은 친구! 아무리 그래도 이건 아니지!"

설무백은 짐짓 심드렁한 태도로 산신군을 돌아보았다.

"아니긴 뭐가 아냐? 내부의 알력조차 혼자서 해결하지 못하고 내 도움을 청한 주제에 무슨 할 말이 있다고 그래?"

내색은 삼갔으나, 그는 이런 문제에 자신을 끌어들인 산신군의 태도가 못내 괘씸했던 것이다.

"그건 그렇지만…… 에이, 그래도 이건 너무 심하지."

산신군은 크게 당황한 듯 다급하게 일어나서 설무백의 소매를 잡아끌었다.

"그러지 말고 나랑 따로 얘기 좀 하자. 응?"

설무백은 마지못한 듯 끌려가며 심드렁하게 대꾸했다.

"나는 더 할 얘기 없는데?"

"에이, 그러지 말고……!"

산신군이 진땀을 뻘뻘 흘리며 사정했다.

"나도 체면이 있는데 이러면 안 되지. 저기 내 체면 좀 살려주라. 인원은 삭감해도 좋은데, 참가는 하게 해 주라. 친구잖아, 우리. 응? 친구야?"

설무백은 적이 심각한 표정으로 잠시 뜸을 들이다가 불쑥 제안했다.

"좋아, 이 자리에서 하나만 약속해 주면 기존 인원의 절반 정도는 참가하는 것으로 해 주지."

산신군이 반색하는 일면에 심려와 우려가 섞인 표정으로 물었다.

"어떤 약속?"

설무백은 대뜸 산신군을 잡아당겨서 어깨동무를 하며 귀엣말로 속삭였다.

"다 필요 없고, 쟤를 다음 대 녹림의 후계자로 정하면 돼. 어때? 어려운 일 아니지?"

"대체 누구를⋯⋯?"

산신군이 어리둥절해하며 반문하다가 슬며시 말꼬리를 흐렸다.

설무백의 시선이 심드렁한 표정으로 그들의 뒤를 따라오는 사내들 중 하나를 일별하고 있었다.

짧은 대신 폭이 넓은 검을 허리가 아닌 등에 매고 있는 사내, 천인사도 허저였다.

"막내를⋯⋯?"

"실력은 막내가 아닌 걸 알잖아."

"하지만⋯⋯!"

산신군이 오만상을 찡그리는 것으로 난감함을 드러냈다.

설무백은 짐짓 냉정해진 표정으로 어깨동무를 풀며 돌아섰다.

"싫으면 말고."

"아하, 그것 참, 급하기는⋯⋯!"

산신군이 그리 싫지 않은 표정으로 웃으며 타박하고는 이내 호탕하게 선언했다.

"알았다! 약속한다! 그러도록 하마!"

"에, 근데, 말이야. 약속은 약속이고, 이유를 물어도 되겠나? 왜 하필 그 녀석이지?"

산신군의 거처인 통나무 전각의 대청이었다.

졸지에 서둘러 회의를 끝낸 산신군은 곧바로 떠나려는 설무백을 끈질기게 붙잡아서 술자리를 마련했고, 술잔이 돌기도 전에 눈치를 보며 건넨 질문이 이것이었다.

이미 약속한 마당이라 뒷북에 불과하지만, 그로서는 어쩔 수 없었다.

설무백의 주장이 아닌 밤중의 홍두깨처럼 뜬금없고 쉽게 이해할 수도 없어서 이제라도 제대로 짚고 넘어가야 했다.

정작 주인공인 허저는 제외한 자리에 문신인 모초도를 비롯해서 수족으로 알려진 추혼십절 구중선과 구룡편 노량, 그리고 최측근으로 분류되는 녹림총단의 사대장이라는 벽사검(碧蛇劍) 춘사, 백선풍(白旋風) 하충, 이면도(二面刀) 추웅, 포대수(包袋手) 동랑을 합석도 아니고 뒤에 세워 둔 이유도 거기에 있을 터였다.

그도 그시반 그들도 알아야 한다고 생각하는 것이다.

설무백은 슬쩍 산신군의 뒤에 시립해 있는 모초도 등을 둘러보았다.

다들 식은 눈빛이고, 차가운 기색이었다.

감히 적의를 드러내지는 않고 있으나, 다들 불편한 기색이 역력한 모습이었다.

이해할 수 있었다.

이유 여하를 막론하고 한바탕 불쾌한 폭풍이 몰아친 뒤끝이었다.

저마다 스스로도 억제하기 어려운 분노의 기류가 내제되어 있는 것이 당연했다.

"전에 내가 이런 말을 하면 아무도 믿지 않았지."

설무백은 특유의 미온한 미소를 머금으며 말문을 열어 놓고는 슬쩍 고개를 돌려서 뒤에 시립한 공야무륵을 향해 불쑥 물었다.

"내가 왜 그런 것 같아?"

공야무륵이 대수롭지 않게 대답했다.

"그야 당연히 주군께서 가지고 계신 특유의 예지력이 발동하신 거겠지요."

"예, 예지력?"

산신군이 황당해했다.

"앞날을 내다보는 능력……?"

다른 사람들도 어이없다는 표정을 지었다.

설무백은 좌중의 반응과 상관없이 공야무륵을 향해 다시 물었다.

"내게 그런 능력이 있다는 걸 믿나?"

공야무륵이 우직한 태도로 자신 있게 대답했다.

"당연히 믿지요. 솔직히 처음에는 그게 무슨 개소리인가 했지만, 이제는 아닙니다. 아니, 아니게 된 지 꽤 오래됐지요."

"왜 믿게 됐지?"

"정말 그게 예지력인지, 아니면 다른 어떤 미지의 힘인지는 아직도 헷갈리지만, 주군께서는 분명히 그런 능력을 가지고 계시니까요. 사물의 본질을 꿰뚫어 보는 안목과 식견, 앞날을 내다보는 능력을 말입니다. 요컨대 한 번도 틀리지 않으셨죠. 마치 그것을 이미 겪어 본 사람처럼 말입니다."

"······."

장내가 찬물을 끼얹은 것처럼 조용해졌다.

공야무륵의 대답이 워낙 당당하고 확고하다보니, 분명 황당한 얘기임에도 다들 이걸 믿어야 하나 말아야 하나 고민하는 눈치를 보이고 있었다.

문득 산신군이 픽 실소하며 침묵을 깼다.

"나보고 그 말을 믿으라고?"

설무백은 대수롭지 않게 말문을 돌렸다.

"그럼 보다 현실적인 얘기를 하지. 우선 허저가 꽤나 유능한 인물이라는 건 알고 있지?"

"그야, 뭐······."

산신군이 인정했다.

"그런 편이지."

설무백은 바로 다시 물었.

"그가 전대의 흑도고수 서천노조의 진전을 이었다는 사실은? 그것도 알고 있어?"

"······!"

산신군의 눈이 가늘어졌다.

다른 사람들이 놀라고 당황해서 눈이 커진 것과는 확연히 구분되는 반응이었다.

아니나 다를까, 그가 물었다.

"그걸 어떻게 알았지?"

설무백은 오히려 의외였다.

"뭐야? 알고 있었어?"

산신군이 답변 대신 반문했다.

"고작 기도나 기풍으로 그걸 알아차렸다는 건가?"

설무백도 답변 대신 하던 얘기를 계속 이어 나갔다.

"알고 있다니 얘기하기가 훨씬 편하겠네. 내가 장담하는데, 허저는 향후 오 년 내에 흑도십대고수의 하나로 성장할 거야. 만에 하나 그런 위인이 녹림총단의 일개 소두목으로 누군가 자신보다 약하고 역량도 부족한 녹림도 총표파자의 심부름이나 하고 있다면 과연 어떤 일이 벌어질 것 같아?"

"음."

산신군이 묵직한 침음을 흘렸다.

모초도 등 다른 사람들의 안색도 무겁게 변했다.

다들 아직 사실이 아니라 고작 상상임에도 불구하고 녹림맹의 분열이 눈에 선했던 것이다.

특히 추혼십절 구중선과 구룡편 노량이 은연중에 산신군의 눈치를 보는 것도 그 때문일 터였다.

그들, 두 사람은 산신군의 수족이요, 그림자들로 자타가 공인할 정도로 산신군에게 충성을 다하는 위인들이었다.

그런데 설무백은 오 년 후의 일이라고 했고, 오 년은 길면 길지만 짧다면 짧은 시간이었다.

적어도 산신군이 녹림도 총표파의 자리에 있을 때 그와 같은 사태가 벌어질 수 있다는 얘기였다.

애써 내색을 삼가고 있으나, 설무백의 말은 절로 산신군의 눈치가 보일 정도로 영 불편하기 짝이 없는 것이다.

특이한 것은 녹림총단의 사대장이라는 춘사와 하충, 추웅, 동랑 등의 태도였다.

의외로 그들은 무덤덤했다.

설무백은 은연중에 그들의 눈치를 확인하며 아무렇지도 않게 산신군을 향해 불쑥 물었다.

"흐뭇해, 아니면 걱정돼?"

산신군이 곱지 않게 일그러진 눈가로 설무백을 노려보며 자 못 심통 맞게 쏘아붙였다.

"질문의 의도가 아주 불손하군."

설무백은 태연하게 웃으며 밑도 끝도 없이 불쑥 말했다.

"고작 산적인지 주제에 그간 강호무림에서 행세할 정도로 녹림이 무서운 이유가 뭔지 알아?"

산신군의 인상이 더욱 찌푸려졌다.

"너무 뻔한 질문이라 대답하기가 싫어지는군."

"대답이나 해 봐."

"머릿수라는 건가?"

설무백은 픽 웃었다.

"알긴 아네. 하지만 근본적으로 그보다 앞서는 이유가 하나 더 있지. 사승내력으로 이어지는 방파가 아님에도 단단한 결속력과 유대관계를 가졌다는 거야. 거기에 천하대방인 개방과 비견되는 엄청난 머릿수가 더해지니 무서운 거지. 그런데 작금의 녹림은 어때?"

"……!"

산신군은 입을 다문 채 침묵했다.

몰라서가 아니라 알기 때문에 대답할 수 없었다.

작금의 녹림은, 아니, 벌써 이전부터 녹림은 분열되어 있었다.

마교의 개입이 있었다고는 하나, 변명의 여지가 없는 사실이었다.

작금의 시기에 마교가 개입하지 않는 강호무림의 방파가 어디에 있을 것인가. 없었다.

"그게……?"

"아니."

설무백은 어렵사리 입을 여는 산신군의 말을 자르며 말했다.

"당신 탓도 아니고, 그 누구 탓도 아니야. 그저 시대가 그런 것뿐이지. 하지만 이런 시대의 역경을 넘길 수 있는 후계자가 있다면 기꺼이 자리를 양보하는 게 윗사람의 도리잖아. 다른 무엇보다도 멋있잖아, 그런 사람. 그러니까……."

그는 가볍게 웃는 낯으로 덧붙였다.

"그렇게 멋지게 은퇴해. 유종의 미를 거둔다는 생각으로 이번 거사만 잘 해결되면 말이야. 내가 노후 걱정하지 않고 살도록 해 줄 테니까."

산신군이 못내 한 방 맞은 표정이다가 이내 설무백을 따라 웃으며 물었다.

"허저가 그런 사람이라는 건가?"

설무백은 어깨를 으쓱하며 대답했다.

"아마도."

"흐흐흐……!"

산신군이 의미를 모르게 음충맞은 기소를 흘리고는 이내 정색하며 구중선을 향해 명령했다.

"가서 허저를 데려와라."

"……아, 예!"

구중선이 당황한 기색을 보이면서도 두말없이 대답하며 밖으로 나갔다.

설무백이 짧게 물었다.

"왜?"

산신군이 심드렁하게 대답했다.

"왕후장상(王侯將相)의 씨가 따로 있냐는 말이 있기는 하지만, 그래도 확인은 해 봐야지. 그놈이 싫다면 그만인데, 네 말만 듣고 어떻게 녹림의 미래를 덜컥 결정해."

설무백은 틀린 말이 아닌지라 어깨를 으쓱하며 더는 묻지 않고 함구했다.

그때 대청의 문이 열리며 나갔던 구중선이 등배 검을 맨 허저를 데리고 들어왔다.

"부르셨습니까?"

산신군은 인사도 받지 않은 채 거두절미하고 대뜸 물었다.

"너 혹시 녹림도 총표자가 되고 싶냐?"

"……!"

허저의 표정이 한 방 맞은 듯이 굳어졌다.

그렇지만 잠시였다.

허저는 이내 표정을 풀며 아니, 더욱 단호하게 굳어진 표정으로 대답했다.

"예, 되고 싶습니다!"

산신군은 잠시 뜸을 들이다가 묵묵히 고개를 끄덕이며 슬쩍 손을 내저었다.

"알았다. 나가 봐라."

"예."

허저가 역시나 두 말 없이 대답하고는 대청을 나갔다.

산신군이 잠시 물끄러미 그 모습을 지켜보고 있다가 이내 고개를 돌려서 녹림총단의 사대장이라는 춘사와 하충, 추웅, 동량을 둘러보며 불쑥 물었다.

"너희들은 그간 다른 누구보다도 허저와 많이 일했지. 그래서 알고 있었냐? 저 녀석이 그 정도 인물이라는 것을?"

설무백이 그랬듯 산신군도 조금 전 구중선 등과 다른 방응을 보인 그들의 태도를 놓치지 않았던 것이다.

"그게, 그러니까……!"

각진 턱이 고집스러움을 드러낸 춘사가 못내 동료들의 눈치를 보다가 어렵사리 대답했다.

"뛰어남을 인정하지 않을 수 없는 친구입니다. 우리들 모두 녹림십팔채의 쌍산들 중에서가 아니라 녹림총단에서 총표파자가 나온다면 틀림없이 허저일 거라고 생각하고 있습니다."

산신군이 가만히 고개를 끄덕이며 구중선과 노량에게 시선을 돌리며 물었다.

"너희들도?"

구중선이 난감한 표정으로 대답했다.

"저는 그렇게까지는 생각하지 않았습니다."

노량도 같은 기색으로 고개를 숙이며 답변했다.

"저 역시 그렇게까지는……!"

산신군이 헛웃음을 흘렸다.

"허허, 너희들 역시 애가 난놈이라는 것은 확실히 알고 있었다는 소리군. 안 그래?"

구중선과 노량이 애써 산신군의 시선을 회피하며 에둘러 대답했다.

"아, 예. 뭐 그렇지요. 그 또래 소두목들 중에서는 워낙 발군이라⋯⋯."

"그렇군."

산신군이 크게 한숨을 내쉬었다.

"그 녀석과 자주 부딪치지 않는 너희들조차 아는 것을 나만 모르고 있었던 것이군그래. 그저 쓸 만한 놈이라는 생각했지만, 그 이상도, 이하도 아니었으니 말이야."

설무백은 픽 웃으며 말을 건넸다.

"앞에서 티를 내지 않으려고 무지 애썼을 거야. 그러니 알 도리가 없었겠지."

산신군이 자못 표독스럽게 변한 눈초리로 설무백을 노려보며 윽박질렀다.

"지금 그걸 위로라고 하냐? 하나도 위로가 안 된다! 도대체 왜 네가 나보다 더 내 수하의 성정을 잘 알고 있다는 거야!"

설무백은 심드렁하게 말을 받았다.

"지금 그게 중요한가?"

산신군이 놀란 아이처럼 움찔했다.

설무백은 놀리듯이 게슴츠레한 눈빛으로 산신군을 바라보며 넌지시 물었다.

"내가 말해 줘?"

산신군이 벌컥 화를 냈다.

"나도 알아! 그래, 그게 중요한 게 아니지! 이유 여하를 막론하고 내가 쟤들 보다 더 사람을 제대로 못 봤다는 게 중요한 거지!"

설무백은 끝까지 놀렸다.

"아니 다행이다."

산신군이 눈을 부라렸다.

"너 정말 끝까지 이럴래?"

설무백은 그에 아랑곳하지 않고 짐짓 심드렁한 대꾸로 꼬집었다.

"방귀 뀐 놈이 성낸다는 말 떠올리게 하지 말고, 그냥 순순히 인정하고 말지?"

산신군이 두 눈을 더욱 크게 부릅뜨다가 이내 풀죽은 개처럼 불쌍한 표정을 지었다.

그리고 크게 한숨을 내쉬며 인정했다.

"그래, 인정한다. 네가 옳다. 역시 물러날 때가 된 것 같다. 눈을 가지고도 제대로 못 보고 있으니, 다른 도리가 없지."

설무백은 이제야 웃는 낯으로 위로했다.

"노후는 내가 책임진다니까."

"역시나 하나도 위로가 안 되는 말이긴 하다만, 별수 없네."

산신군은 풀죽은 모습으로 중얼거리다가 이내 거짓말처럼 두 눈에 불을 밝히며 힘주어 말했다.

"거사 이후인 거다! 그 전에 딴소리하면 내 손에 죽는다, 아주!"

"누가 그러더라. 남아일언 중천금이라고."

설무백은 바로 대답해 주고는 웃는 낯으로 한마디 더하려는 참인데, 인기척이 들리며 대청의 문이 벌컥 열렸다.

거구의 사내 하나가 숨을 씩씩거리며 대청으로 뛰어 들고 있었다.

산신군이 상대를 알아보며 눈살을 찌푸렸다.

"무슨 일이야?"

거구의 사내가 서둘러 손에 들고 있던 전통을 내밀며 보고 했다.

"무림맹에서 보낸 대지급입니다!"

산신군이 전통을 받아 들며 슬쩍 설무백을 바라보았다.

설무백은 낸들 아냐는 듯 어깨를 으쓱이며 어서 까 보라는 눈짓을 건넸다.

산신군이 미심쩍은 표정으로 전통을 열고 안에 든 전서의 내용을 확인했다.

그리고는 이내 전서를 들어서 설무백의 면전에 팔랑팔랑 흔들어 보이며 말했다.

"이거 뭐야? 거사일정을 또 다시 보름 뒤로 연기한다는데?"

설무백은 태연하게 자리를 털고 일어나며 대꾸했다.

"그런가 보지."

산신군이 짐짓 눈을 부라리며 악을 썼다.

"똑바로 얘기 안 해 줄래?"

설무백은 끝까지 짓궂게 똑바로 얘기해 주지 않으며 대청 밖으로 나섰다.

"난 바빠서 이제 그만 갈 테니, 녹림도 총표파자 자리를 조금이라도 더 지키라는 하늘의 계시라고 생각하고 준비나 철저히 잘해."

폭풍전야暴風前夜 (6)

서역북로가 시작되는 비단길의 마지막 통로이자, 세외로 나가는 관문인 옥문관을 벗어나자마자 마주하게 되는 드넓은 황무지였다.

　　무질서한 듯 질서정연하게 거대한 대열을 이루며 황무지를 지나가는 수만의 행렬이 있었다.

　　감숙성 주천부에서 물러난 마교총단의 행렬이었다.

　　그 행렬이 시작에서 끝까지 한눈에 내려다보이는 언덕에 십여 구의 인마가 자리하고 있었다.

　　하나같이 빼어난 준마에 올라타고 있는 사람들이었다.

　　마교의 이공자인 극락서생 악초군을 위시해서 전대 단주인 독수신옹 악불군, 그리고 현 단주인 홍인마수 혁련보 등, 마교총단의 요인들이 바로 그들이었다.

당연하게도 그들의 분위기는 좋지 않았다.

실로 무거운 침묵이 그들을 감싸고 있었다.

지금 그들은 중원 정복이라는 목적을 가지고 호호탕탕 옥문관을 넘어설 때와 달리 끝내 중원 입성조차 하지 못한 채 출세(出塞), 세외로 물러나고 있는 것이다.

문득 혁련보가 침묵을 깼다.

"아깝지 않습니까?"

악초군을 쳐다보며 건네는 말이었다.

금빛으로 번쩍이는 마갑(馬甲)을 입혀 놓은 갈색의 준마를 탄 악초군이 혁련보를 바라보았다.

그러나 대답은 다른 사람의 입에서 먼저 나왔다.

"아깝긴 개뿔!"

악불군이었다.

그가 코웃음을 치며 면박을 주었다.

"아직도 정신 못 차리고 그따위 헛소리를 하나?"

혁련보가 발끈했다.

"헛소리라니요!"

"헛소리가 아니면?"

악불군이 코웃음을 치며 구박이요, 면박에 다름없는 일장 연설을 시작했다.

"그 오랜 시간을 투자하고도 구대문파조차 제압하지 못했다.

전초기지로 삼으려던 천사교는 내부의 알력으로 인해 지원을 배제한 채 독자행보로 설치다고 쫓겨났고, 전란을 도모하려던 몽고는 제대로 활용도 못해 보고 후퇴하게 만들었다. 어디 그뿐이냐?"

그는 보란 듯이 냉소를 날리며 말을 더했다.

"기를 쓰고 보낸 자객들은 전부터 실패했고, 그 사이에 중원에 심어 놓은 간자들 중 구 할 이상이 감감무소식이다. 그런데 아까워? 대체 아깝긴 뭐가 아깝다는 거냐? 그냥 중원 입성을 강행해서 제대로 싸워 보지도 못하고 지리멸렬(支離滅裂), 마교의 뿌리까지 해쳐먹지 못한 게 아깝다는 거야?"

혁련보가 가당치 않다는 듯 반박했다.

"제대로 싸우지 못한다는 건 뭐고, 지리멸렬은 또 뭐요? 그딴 비하로 그간 우리가 이룬 성과를 무시하지 마시오!"

악불군이 실소하며 혁련보를 바라보았다.

같잖은 언행이 거슬려서 불쾌하기 짝이 없다는 눈빛이었다. 곧바로 그의 입에서 튀어나온 질문도 그와 같았다.

"대체 그간 어떤 성과를 올렸다는 건데?"

혁련보가 기다렸다는 듯 언성을 높여서 강변했다.

"물론 애초의 계획을 성공하진 못했소! 하지만 실패한 것으로 치부할 수도 없소! 우리의 개입 이후, 중원무림이 피폐해질 대로 피폐해진 것은 엄연한 사실이 아니겠소! 작금의 무림맹은 저들의 허장성세(虛張聲勢)에 불과할 정도로 구대문파는 물론, 각

대문파의 전력은 예전과 달리 보잘것없어졌다 이 말이오!"

"그렇다 치고."

악불군이 수긍하듯 말을 받고는 의미심장한 미소를 흘리며 재우쳐 물었다.

"그 와중에 우리는, 우리 마교는 어떻게 변했지?"

"……!"

혁련보가 입을 벌린 채로 굳어졌다.

선뜻 대꾸할 말이 없어서 말문이 막혀 버린 표정이었다.

"잘 모르는 모양이니, 내가 말해 주마."

악불군이 대답을 기다리지 않고 냉소를 날리며 설명했다.

"작금의 마교는 그야말로 보기 좋게 사분오열되었다. 일궁은 후계자들을 기점으로 갈라졌고, 삼전오문구종의 주인들은 자신들의 권력에 취해서 일궁을 보좌하는 마교총단의 권위를 무시한 채 서로가 서로를 시기하고 견제하느라 여념이 없어서 자발적으로 마교의 힘을 갉아먹었다. 그 바람에 죽지 않아도 되었을 마왕들이 죽었고, 사라지지 않아도 되었을 세력들이 사라졌으며, 하다못해 마교를 등진 마왕도 생겨났다. 게다가 아직도 그와 같은 상황이 계속되고 있는 현실이다. 어때? 부족하냐? 더 말해 줄까?"

혁련보가 잘 익은 대추처럼 시뻘겋게 달아오른 얼굴로 '끙' 하는 신음을 흘렸다.

뭐라고 반박할 말이 없는 것이다.

그때 악초군이 웃는 낮으로 그들의 대화에 끼어들었다.

"제게 하는 말로 들려서 실로 뼈가 아프네요."

악불군이 슬쩍 고개를 돌려서 삐딱하게 악초군을 바라보며 말했다.

"눈치는 없지 않구나. 그렇게 들으라고 하는 소리였다. 저 밥통이야 제대로 듣고 이해를 하거나 말거나 상관없지만, 엄연히 마교총단을 장악한 실세인 네가 그걸 대수롭지 않게 여기고 넘긴다면 실로 마교의 미래가 암담하니까."

"마교의 미래라……?"

악초군이 눈을 빛내며 재우쳐 물었다.

"그 말은 저를 후계자로 인정한다는 말씀인가요?"

악불군이 냉소를 날렸다.

"그럴 리가 있을까?"

악초군이 어깨를 으쓱했다.

"없으니까 하는 말이지요."

악불군이 피식 웃었다.

"제법 솔직하군."

그는 웃는 낮으로 악초군을 매섭게 직시하며 재우쳐 말했다.

"네가 나를 끌어낸 이유를 어찌 모를까. 이리 치이고 저리 치이다보니, 팔로문의 아이들이 아쉬워서 싫지만 어쩔 수 없이 나를 끌어낸 것이 아니더냐."

악초군의 낮빛이 살짝 변했다.

애써 미소를 잃지 않고 있지만, 적잖은 감정의 변화가 일어난 모습이었다.

악불군이 어디까지나 냉정히 웃는 낯으로 그런 악초군을 직시하며 하던 말을 계속했다.

"나 역시 그렇다. 대공자께서 돌아오시기 전까지 마교의 전력을 보존하려면 어쩔 수 없이 너의 힘이 필요하다. 너에 대한 처리는 대공자께 맡기겠다는 소리다."

악초군이 비릿하게 웃으며 말꼬리를 잡았다.

"그 말인즉, 사부님께서 정하신 후계자 싸움은 아직 끝나지 않았으며, 저를 후계자의 하나로 인정하신다는 뜻이겠지요?"

"나는 언제나 그랬다."

악불군이 잘라 말했다.

"대공자를 후계자로 인정하는 것이 아니라, 대공자께서 후계자가 되기를 바라는 것뿐이다. 후계자 싸움은 아직 끝나지 않았고, 네가 만일 대공자를 넘어선다면 마땅히 마교의 대통을 이을 수 있는 거다. 물론!"

그는 말미에 의미심장한 미소를 흘리며 한마디 덧붙였다.

"너와 같은 처지인 칠공자, 야율적봉에 대한 입장도 마찬가지이고 말이다."

악초군은 삐딱하게 악불군을 바라보며 말했다.

"지금 당장은 팔로문의 고수들을 제게 줄 수 없다는 얘기로 들리는데, 이거 그러면 제가 많이 손해인 것 같은데요?"

악불군은 태연하게 웃으며 말을 받았다.

"때로는 손해나는 장사도 있는 법이지. 하지만 그리 큰 손해는 아닐 거다."

악초군이 오만상을 찡그렸다.

"어째서 그렇죠?"

악불군이 대수롭지 않게 대꾸했다.

"네가 팔로문의 아이들을 부릴 수 있게 해 주마. 단, 그 아이들은 오직 마교를 위해서만 움직일 거다. 너의 지시가 마교에 도움이 되는 일이라면 목숨을 걸고 움직일 테지만, 그게 아니라면 절대 움직이지 않을 거라는 소리다."

악불군이 기꺼운 표정으로 웃었다.

"과연 그렇군요. 정말 큰 손해는 아니네요. 장담하건데, 내 지시를 따르는 것이 곧 마교를 위하는 일일 테니까요."

악불군이 믿는 건지 믿지 않는 건지 모르게 따라 웃으며 대꾸했다.

"믿거나 말거나, 나는 진심으로 네가 그러기를 바란다."

"그럴 겁니다!"

악초군이 힘주어 대답하고는 재우쳐 말을 더하려다가 그만두었다. 그들의 뒤쪽에 누군가 나타났기 때문이다.

바람처럼 홀연히 나타나서 한무릎을 꿇으며 고개를 숙이는 그는 바로 일악이었다.

"무슨 일이냐?"

악초군이 묻자, 일악이 대답했다.

"중원에서 보낸 연락입니다. 무림맹이 주도하는 거사의 시기가 다시 보름 후로 연기되었다고 합니다."

"또……?"

악초군은 신경질적인 반응을 보였다.

"이것들이 정말 누굴 가지고 노는 건가 지금!"

애써 내색을 삼가고 있지만, 혁련보 등, 요인들의 기색 또한 매우 좋지 않았다.

그럴 수밖에 없었다.

첩자들을 통해서 무림맹의 공격이 연이어 연기되는 사실을 전달받고 있는 그들은 이번 철수에 만전을 기하고 있었다.

진영을 꾸렸던 주천부를 벗어나는 길목마다 매복을 깔아 놓은 것은 물론, 옥문관을 통과하기 전부터 사방팔방에 다수의 특공조를 편성해서 배치해 놓았을 정도였다.

첩자들의 정보가 틀릴 수도 있다는 사실을 배제하지 않고, 어쩌면 무림맹이 세외로 철수하는 그들의 배후나 측면을 노릴 수도 있다는 생각을 했던 것이다.

그런데 이게 뭔가?

한두 번도 아니고, 벌써 네 번째 연기였다.

이래서야 과연 무림맹이 정말로 마교의 진영을 공격할 생각을 가지고 있는지부터 의심해야 할 판이 아닌가 말이다.

'그렇다고 새로운 첩자들을 심거나 새로운 하수인들을 조직

할 상황도 아니니⋯⋯!'

악초군은 절로 분기탱천해서 빠드득 이를 갈았다.

앞선 악불군의 말마따나 그들이 보낸, 정확히는 그가 보낸 자객은 전멸했고, 그사이에 중원에 심어 놓은 첩자들과 이런 저런 경로를 통해서 끌어들인 하수인들의 조직이 구 할가량이 나 소리 소문 하나 없이 무너진 상태였다.

그리고 그는 아직 그것이 대체 누구의 소행인지조차 밝히지 못한 상황이었다.

그가 내내 거부하던 혁련보의 제안을 수락하고 뇌옥에 갇혀 있던 악불군을 끌어낸 것에는 그와 같은 사태가 지대한 영향 을 끼쳤던 것인데, 이런 마당에 새로운 첩자나 하수인들을 조 직한다는 것은 실로 가당치 않았다.

할 수도 없지만, 설령 할 수 있다고 해도 하지 말아야 하는 상황인 것이다.

'그래도 이대로는!'

악초군이 내심 독기를 품는 참인데, 악불군이 실로 흥미롭다 는 표정으로 웃으며 말했다.

"누구의 머리에서 나온 계획인지는 몰라도 정말 제법이군. 이래서야 빈집이라도 쳐들어가기 어렵겠는 걸 그래?"

악초군은 적의 지략을 칭찬하는 악불군의 태도에 더 이상 참 지 못하고 분노를 드러냈다.

"악 노야! 지금 이 마당에 대체 누굴⋯⋯!"

"하지만 우리에게는 차라리 잘된 일이야."

악불군이 태연하게 악초군의 말을 자르며 재우쳐 말했다.

"우리는 어차피 만사 제쳐 두고 내부부터 정리하기로 했으니까 말이야."

말을 끝맺은 그는 천연덕스럽게 웃는 낯으로 악초군을 바라보며 확인했다.

"무엇보다도 마교의 대통을 이어야지. 아직 후계자 싸움을 끝내지 못했잖아. 안 그래?"

악초군은 다른 대꾸를 할 수가 없었다.

그는 지그시 어금니를 깨물며 씹어뱉는 듯한 어조로 수긍했다.

"물론입니다, 악 노야!"

악불군은 그런 악초군의 속내를 아는지 모르는지 그저 빙그레 웃으며 말했다.

"여유를 가져. 소위 말하는 이보 전진을 위한 일보 후퇴라고 생각하면 그만이야."

말미에 주름 가득한 오종종한 얼굴에 미소를 드리운 그는 낫처럼 구부정한 허리를 두드리며 말머리를 돌렸다.

"그럼 가지. 물론 이번 연기 또한 놈들이 펼치는 고도의 기만술일 수 있다는 점을 감안해서 매복은 그대로 두는 것으로 하고."

악초군이 잠시 뜻 모를 눈빛으로 악불군의 뒷모습을 주시하다가 이내 야릇한 미소를 머금으며 말머리를 돌려서 뒤를 따라갔다.

혁련보를 비롯한 마교의 요인들도 묵묵히 그 뒤에 붙었다.

다들 생각이 많은 표정이지만, 그 누구도 끝내 입을 여는 사람은 없었다.

악불군의 뒤를 따라서 악초군과 혁련보를 비롯한 십여 기의 인마 떼가 언덕을 내려간 다음이었다.

언덕의 중심에 붉은 기운이 서리더니 이내 짙어져서 피처럼 붉은 사람의 형상으로 자리했다.

혈뇌사야였다.

"악 노야가 왜……?"

붉은 얼굴에 자리해서 붉은 수정처럼 빛나는 혈뇌사야의 두 눈이 의혹으로 흔들렸다. 그리고 이내 그는 나타났을 때처럼 홀연히 그 자리에서 사라졌다.

"참 일찍도 돌아오셨네요."

어둠이 짙어진 밤이었다.

산신군의 배웅을 받으며 탕산을 벗어난 설무백은 닷새 만에 풍잔으로 돌아와서 제갈명의 볼멘소리를 듣고 있었다.

"별일 없었지?"

"지금 그걸 말이라고 아십니까?"

제갈명은 대수롭지 않게 안부를 묻는 설무백의 태도에 실로 어처구니가 없다는 표정을 지었다.

설무백은 딴청을 부리듯 주섬주섬 그동안 찌든 의복을 벗고 새 옷으로 갈아입으며 말문을 돌렸다.

"노야들은?"

"오고 싶어서 안달이 났을 테지만, 오늘은 오지 않을 테니, 인사는 내일 하세요. 그보다……!"

"왜 오지 않는다는 건데?"

"제가 오늘은 쉬게 두시라고 했습니다. 그보다……!"

"왜 그랬어?"

"왜 그러긴요! 대문을 들어서기 무섭게 게거품을 물고 퍼져 버린 공야무륵과 고고매를 봤으니까 그랬죠! 따르는 사람들 숨이 넘어가든 말든 쉬지 않고 눈썹이 휘날리게 달려왔다는 게 뻔히 보이는데, 어떻게 안 그럽니까! 그보다……!"

"철 노야에게는 무슨 연락 없었나? 북경의 일이 끝나면 무림 맹으로 돌아간다고 했었는데, 무림맹에 들었을 때 보지 못해서 말이야."

"북경상련에서 보던 일을 마무리 짓고 가느라 보지 못했을 겁니다. 지금쯤은 도착했을 걸요, 아마? 그보다……!"

"흑영과 백영은?"

"벌써 돌아왔죠. 조금 전에 말씀드렸잖아요. 오늘은 아무도 찾아오지 않을 거라고요. 그보다……!"

"그럼 천살이나 지살, 흑지주와 금안혈승도 벌써 돌아왔나?"

"당연히 진즉에 돌아왔죠! 벌써 몇 번을 말씀드려요! 내일 인사하라고요! 그보다……!"

"그렇군. 아참, 거사 말인데, 다시 연기했으니까, 괜히 조급히 서두를 필요 없다."

"아, 진짜 이러실 겁니까, 정말!"

계속해서 말문이 막힌 제갈명이 결국 더는 참지 못하고 폭발해서 빽 하고 소리쳤다.

설무백은 아무렇지도 않게 갈아입은 옷매무새를 단정히 하며 그런 그를 물끄러미 바라보았다.

"나는 할 말 다 했다. 네가 하려는 말은 뭔데?"

"……"

제갈명은 꿀 먹은 벙어리가 되었다.

우습지 않게도 설무백의 질문에 대답을 하다 보니 더 이상 할 말이 없었다.

그가 하려던 말과 들으려던 대답이 설무백의 말속에 다 들어 있었던 것이다.

"아, 저…… 그게……."

제갈명은 왠지 모르게 분한 마음을 삭이며 설무백의 시선을 외면했다.

"됐어요. 이젠 없습니다."

설무백은 당연히 그럴 줄 알았다는 듯이 곱지 않은 눈총을 주며 밖으로 나섰다.

"그럼 그만 돌아가 봐. 쉬라는 말을 해 놓고 쉬지 못하게 하는 너는 대체 뭐냐?"

제갈명이 쪼르르 따라붙었다.

"어디 가는데요?"

설무백은 대답 없이 묵묵히 거처를 나와서 후원으로 향했다.

"에구구, 그럼 저는 이만……!"

호기심이 동한 표정으로 설무백의 뒤를 따라붙던, 정확히는 문밖에 대기하고 있다가 설무백의 뒤를 따르는 철면신의 뒤에 붙어서 따라오던 제갈명이 중도에 포기하며 물러갔다.

설무백의 발길이 후원의 한쪽 구석을 차지한 독화원으로, 독후 이이아스의 거처로 향하고 있었기 때문이다.

독후 이이아스의 거처인 독화원은 이제 황궁과 버금가는 규모로 성장한 풍잔의 영내에서 손꼽히는 금지 중의 금지였다.

다만 다른 금지와 달리 따로 명령으로 정해진 금지가 아니라 절로 형성된 금지였다.

그리고 과연 명불허전이었다.

독화원으로 들어서기 전부터 역겨운 냄새가 코를 찔렀다.

독화원의 내부는 그보다 더해서 주변의 모든 사물이 흡사 화마(火魔)가 휩쓸고 지나간 벌판처럼 거무죽죽하게 변한 상태로 군데군데 검은 안개가 몽글몽글 피어나고 있었다.

독기였다.

이이아스의 통제를 벗어난 독기가 독화원 일대를 이전보다 더한 죽음의 땅으로 만들어 놓은 것이다.

'이전보다 더 심해졌군.'

설무백은 그간 이이아스가 얼마나 지독한 고통에 시달렸을지 짐작이 되어서 실로 마음이 무거워졌다.

그때 홀연히 나타나서 다소곳이 고개를 숙이며 그를 맞이하는 사람이 있었다.

"오셨습니까, 주군."

검은 면사로 하관을 가린 중년미부, 오독문의 무녀인 야우스였다.

설무백은 가볍게 고개를 끄덕이는 것으로 답례를 대신하며 주변을 둘러보았다.

오독문의 고수들인 사색독수가 보이지 않았기 때문이다.

"사색독수는?"

야우스가 대답했다.

"곧 돌아올 겁니다."

"어디를 갔는데?"

"인근 산에…… 몇 가지 구할 독물이 있어서요."

"독물……?"

설무백은 이이아스가 독물을 섭취하던 지난 일이 떠올라서 절로 미간을 찌푸렸다.

야우스가 그의 속내를 읽은 듯 급히 손사래를 치며 말했다.

"아, 독후께서 섭취할 것이 아닙니다. 아니, 그게 아니라 섭취할 것은 맞는데, 그냥 섭취할 것이 아니라, 언제까지 당문의 신세를 질 수 없다며 직접 오독문의 비전독환을 제조해 보시겠다고 해서……!"

설무백은 이제야 이해하고 걱정을 지우는 미소를 지으며 전각으로 발길을 옮겼다.

"이이아스는 안에 있지?"

"아, 예. 운기조식 중입니다. 요즘 상태가 많이 호전되어서 운기조식이 가능해졌지요."

야우스가 서둘러 대답하며 앞서 나가서 전각의 문을 열어 주었다.

본디 운기조식 중인 무인은 그 누구의 방문도 허락하지 않는 법이나, 설무백의 가없는 무위를 익히 잘 아는 그녀는 스스럼없이 문을 열어 주는 것이다.

"알지?"

"안다. 기다린다. 여기서."

철면신이 바로 대답하며 전각의 문가에 시립했다.

철면신의 지능은 날로 진보해서, 이제는 지금처럼 어지간한

천외천의
주인

일은 눈치를 보며 행동하는 경지에까지 다다른 것이다.

설무백은 피식 웃으며 야우스가 열어 준 문을 통과해서 전각의 내부로 들어섰다.

두 개의 문을 통해서 들어선 전각의 내부, 드넓은 대청은 늘 그렇듯 짙은 향내로 가득했다.

독공을 익히는 오독문의 무인들이 불가항력적으로 몸에 배인 악취를 제거하려고 태우는 향초의 향내였는데, 다행히도 내부가 자욱한 운무처럼 온통 희뿌옇게 잠겨 있던 예전과 달리 한결 옅어서 설무백의 마음이 조금은 가벼워졌다.

이이아스는 대청의 중앙에 가부좌를 틀고 앉아서 운기하고 있었다.

대청으로 들어서서 이내 그녀의 모습을 발견한 설무백은 내심 적잖게 놀랐다.

이이아스의 머리 위에 대청을 희뿌옇게 물들인 향초의 연기를 압도하는 검붉은 세 개의 꽃봉오리가 피어나 있었고, 그녀의 주변에는 아지랑이처럼 흔들리는 기의 흐름이 형성되어 있었다.

이른바 무인의 경지를 말하는 기준에서 상승의 경지 중 하나인 삼화취정(三花聚頂), 오기조원(五氣造元)의 경지가 분명해 보이는 광경인 것인데, 놀랍게도 정작 지그시 눈을 감고 있는 이이아스의 모습에서는 지독한 독기의 흐름만 느껴질 뿐, 진기의 발현이, 즉 공력의 운기가 거의 느껴지지 않았다.

이는 이이아스가 마침내 체내의 독기를 내공으로 활용하는 경지에 달했음을 말하는 것이고, 또한 그 경지가 무공을 수련한 흔적조차 없어지는 반박귀진(返撲歸眞)을 이루었다는 것을 의미했다.

여기서 더 나아가면 늙은이도 다시 젊어지는 반로환동(返老還童)으로 접어들거나 혹은 인간으로서 오를 수 있는 최고의 경지라는 등봉조극(登峯造極)의 범주로 진입하게 된다.

소위 말해서 인간의 범주를 넘어서 초인의 경지를 넘보는 절대고수가 되는 것인데, 그와 같은 절대고수는 그야말로 용담호굴과 다름없는 풍잔에서도 고작 열 명이 넘지 않았다.

'이 정도면 이미 당문독룡 당가천과 자웅을 결해도 좋을 경지다!'

당문독룡 당가천은 독과 암기의 조종 가문으로 천하가 인정하는 사천당문이 모든 역량을 총동원해서 탄생시킨 괴물이며, 벌써 독의 초극지체라는 독종독인(毒宗毒人)의 경지에 들어서서 이제는 오직 전설로만 존재하는 독의 제왕인 독중지성(毒中之聖)의 범주를 넘보는 절대독인이었다.

불과 얼마 전까지만 해도 그와 비교해서 크게 뒤쳐 있던 이이아스가 어느새 그의 경지를 따라잡은 것이다.

'여기에 만독주가의 보물인 천인시독단의 공룡과 환시독공의 기운이 더해진다면 능히 독의 제왕이라는 독중지성의 경지를 바라볼 수도 있다!'

천외천의
주인

설무백이 그런 생각으로 들뜬 마음을 다잡는 참인데, 이이 아스의 머리 위에 펼쳐져 있던 검붉은 세 개의 꽃봉오리가 스르르 녹아내리며 그녀의 정수리로 스며들어 갔다.

그녀의 주변을 감싸며 흐르던 기의 물결도 그녀의 전신 모 공으로 흡수되었다.

그리고 그녀가 긴 호흡을 내쉬며 흑진주처럼 까만 얼굴이라 상대적으로 더욱 하얗게 빛나는 두 눈을 떠서 그를 바라보았다.

"앗!"

잠시 설무백을 바라보며 두 눈을 깜박이던 이이아스는 화들 짝 놀라며 자신의 몸을 추슬렀다.

현실인지 아닌지 잠시 헷갈리다가 뒤늦게 현실임을 인지하 며 반응한 것이다.

"오, 오셨어요!"

설무백은 붉은 기운에 젖어서 더욱 흑진주처럼 빛나는 그녀 의 얼굴을 바라보며 피식 웃었다.

"놀라긴……."

"아니, 그게 저는……!"

이이아스가 몸 둘 바를 모르는 기색으로 말을 더듬었다.

그러나 못내 당황스럽기는 설무백 역시 조금도 다르지 않았 다.

동료로 보고 있을 때는 아니었는데, 그녀가 그를 남자로 보 고 있음을 깨닫자 그도 그녀가 여자로 보였기 때문이다.

예나 지금이나 그는 여전히 여자에게 약한 사내인 것이다.

설무백은 애써 그런 내색을 삼가며 급히 품에서 꺼낸 금합을 그녀에게 건넸다.

"아, 이거……! 이거를 전해 주려고 왔어."

전날 흑천신에게 전해 받은 바로 그 물건, 천하사대독문의 하나이던 만독주가의 보물과 비전이 담긴 금합이었다.

이이아스가 금합을 받아 들며 새삼 말을 더듬었다.

"이, 이게 뭐, 뭔데요?"

설무백은 내심 아차 했다.

이이아스의 반응은 그가 내민 금합을 다른 의미로 받아들이는 태도인 것이다.

"아, 그거, 다른 게 아니라 만독주가의 보물인 천인시독단과 비전독공인 환시독공의 요해를 풀어 놓은 비급이야. 당신을 아끼는 지인께서 당신의 공부에 도움이 될 것 같다며 주셨어."

"아, 예……."

이이아스가 적이 실망한 표정으로 대답하고 있었으나, 설무백은 급한 마음에 그것을 보지도, 느끼지도 못한 채 애써 웃으며 계속 말했다.

"만독주가의 독공이 시독을 기반으로 하는 까닭에 사람들에게 멸시되며 저평가되지만, 기실 그들에게 전승되는 비의(秘義)에는 실로 심원한 부분이 있다고 하더군. 나야 독공에 관해서는 거의 문외한이나 다름없어서 잘은 몰라도, 그분이 그렇다고 하니 그런 걸 거야. 꽤나 독에 대한 조예가 깊은 분이니까."

이이아스가 이제야 조금은 실망감에서 벗어난 기색으로, 하지만 여전히 조금은 심드렁한 태도로 말을 받았다.

"누군지는 몰라도, 그분의 말이 옳아요. 당문은 광물 독으로, 우리 오독문은 동물 독으로, 주산독도는 식물 독으로 일가를 이루었다면 만독주가는 사체(死體)의 독인 시독으로 일가를 이루었으니까요. 그 방면에서는 천하사대독문에 속하는 나머지 세 가문도 만독주가를 따라갈 수 없지요."

설무백은 이제야 이이아스의 실망을 눈치채며 빙그레 웃었다.

무조건적으로 그를 따르며 그 어떤 불합리함도 수긍하는 그녀가 전에 없이 드러내는 실망감이 못내 귀엽다는 느낌이 들었다.

그래서 그는 한마디 해 주지 않을 수 없었다.

"지금의 경지를 뛰어넘어. 그러면 지금처럼 격리되지 않고 다른 사람들과 마찬가지로 내 곁을 따르며 함께 지낼 수 있을 거야."

실망감에 물들어 있던 이이아스의 표정이 더없이 활짝 펴졌다.

그 상태로, 그녀는 힘주어 장담했다.

"예, 조만간 틀림없이 그렇게 될 거예요!"

설무백이 독후 이이아스와의 만남을 끝내고 거처로 돌아왔을 때, 기력을 회복한 공야무륵과 고고매는 물론, 흑영과 백영까지 그의 거처에서 기다리고 있었다.

공야무륵과 고고매는 제대로 따르지 못한 자신들의 부족함에 대한 용서를 빌기 위해서, 흑영과 백영은 그를 경호하는 본래의 임무에 복귀를 알리기 위함이었다.

설무백은 용서하고 수긍하는 것으로 그들을 수용했다.

다들 그런 쪽으로는 고집불통이라 달리 내칠 도리가 없었다.

유일하게 뒤처지지 않고 그의 뒤를 따라왔으나, 그의 허락을 받고 할머니인 담태파야를 보러 갔던 요미도 그쯤에 돌아왔다.

적어도 하루 이틀은 담태파야와 보낼 줄 알았는데, 돌아왔다는 인사만 하고 바로 돌아온 것 같았다.

그 때문이었다.

설무백은 간단한 운기조식으로 아침을 맞이했다.

그는 여독에 지친 몸임에도 누구는 문 앞에 서서, 또 다른 누구는 천장의 후미진 구석에서 쪽잠을 자며 혹은 밤을 지새우며 자신을 경호한다는 것을 알면서도 편히 잠들 수 있을 정도로 모질고 야박한 위인이 아닌 것이다.

그리고 다음 날, 정확히는 아침이 밝기 무섭게 실로 정신없는 그의 일과가 시작되었다.

검노와 쌍노를 시작으로 예충과 풍사 등, 풍잔의 모든 요인들이 앞다퉈 그의 거처를 찾아온 것은 물론, 양가장의 양웅이 두 아들인 양위보, 양위명 형제까지 데리고 그를 방문했다.

그들 모두와 접견 아닌 접견을 끝마친 다음에는 곧바로 풍잔의 요인들과 함께하는 회의가 열렸다.

지역적으로 중심을 잡아가는 관부의 움직임과 서서히 혹은 빠르게 안정을 찾아가는 중원무림의 동향에 대한 대처가 주된 논의 대상이었다.

사실 풍잔의 입장에선 딱히 대처할 것도 없었다.

우선 관부의 경우, 다른 지역과 달리 풍잔이 자리한 난주부는 아직도 여전히 지부의 영향력이 미미했고, 인근의 도지휘사사나 승선포정사사의 개입도 거의 없기 때문이다.

이는 기본적으로 몽고와의 전쟁 이후 지방군을 관할하는 도지휘사사와 민정 및 재정을 담당하는 승선포정사사의 체계가 아직은 제구실을 할 정도로 정립되지 못했다는 방증이었는데, 거기에 더해서 알게 모르게 풍잔의 주인인 설무백이 황궁의 실세인 고관대작과의 연줄을 가지고 있다는 소문이 파다하게 퍼져서 감히 난주부의 일에 참견하는 지방관이 없다는 것이 제갈명의 첨언이었다.

그리고 그것은 빠르게 안정을 찾아가는 중원무림의 경우도 크게 다르지 않았다.

난주부 인근에는 감히 풍잔을 도발할 정도로 거대한 혹은 담대한 강호무림의 세력이 없었다.

솔직히 말하면 중원무림을 통틀어도 그런 세력은 존재하지 않는다는 것이 제갈명의 장담이었다.

"역사상 우리 풍잔처럼 초절정고수들이 대거 모여 있는 강호무림의 방파는 존재하지 않았습니다. 자존심으로 똘똘 뭉친 소림과 무당이, 아니, 그들을 필두로 구대문파가 손을 잡고 쳐들어와도 지금의 우리에게는 안 됩니다. 다른 걸 다 떠나서 작금의 중원무림에서 마교의 공격을 격퇴시킨 유일한 세력이 우리 풍잔인데, 감히 누가 겁대가리 없이 엉키겠습니까, 엉기긴!"

누구도 제갈명의 이 말을 부정하지 않았다.

굳이 나서서 동의하는 사람은 없었지만, 다들 고개를 끄덕이며 수긍하고 인정하는 분위기였다.

기실 난주부는 말할 것도 없고, 인근의 고랑부(古浪府), 경태부(景泰府), 백은부(白銀府), 정서부(定西府), 합작부(合作府), 농서부(隴西府) 등, 난주부를 중심으로 하는 감숙성의 동부지역 전부가, 하다못해 사납기로 유명한 회족(回族)들의 집단 주거지가 형성되어 있는 녕하(寧夏)까지도 풍잔의 영향력 아래 있다는 것을 모르는 풍잔의 식구는 하나도 없는 것이다.

회의는 그것으로 끝났다. 그리고 그다음 얘기들은 설무백의 거처에서 다시 시작되었다.

설무백은 풍잔의 제반사정을 보다 면밀하게 확인하기 위해서 제갈명을 불렀던 것이다.

"……해서, 지금 우리에게 당면한 문제는 딱 하나입니다. 우리 풍잔이 너무 잘나간다는 것이 바로 문제입니다."

"너무 잘나가는 것도 문제가 되나?"

설무백은 이해할 수 없었다.

"예, 문제가 됩니다."

제갈명이 바로 대답하며 설명을 추가했다.

"워낙 잘나가다보니 거칠 것이 없습니다. 그 바람에 그간 우리가 자급자족을 위해서 하던 사업들이 전부 다 적게는 수배 많게는 수십 배나 덩치가 커졌습니다. 백사방이 관리하던 소금 밀매야 애초에 우리가 쓰는 것 이외에는 축소하는 방향으로 가닥을 잡은 까닭에 별반 문제가 되지 않습니다만, 그 이외의 모든 사업이 그렇습니다. 도저히 감당이 안 됩니다, 감당이."

"예를 들면?"

"간단하게 비단의 경우만 예를 들도록 하지요."

제갈명이 정말 봐준다는 투로 설명을 시작했다.

"누에를 치고 염료로 색을 입히는 등의 생산과정은 차치하고, 우리가 엄 대인을 통해서 관리하는 단자포(緞子鋪:포목점)가 처음에는 삼십여 곳이었습니다만……."

그는 놀라지 말라는 듯 손을 들어 보이며 말을 이었다.

"지금은 물경 이백여 곳으로 불어났습니다. 이건 도저히 엄

대인 혼자서는 감당이 안 되는 수준인데, 문제는 우리에게 엄대인을 도울 수 있을 만한 상제가 없다는 겁니다. 다들 치고 박고 싸움이나 할 줄 알았지 장사에 장 자도 모르는 위인들뿐이니, 어휴……!"

한숨을 내쉰 제갈명이 그야말로 울상을 지은 채 설무백을 바라보며 다시 말했다.

"주류나 차 등, 여기 난주 특산물의 생산과 판매 전반에 걸친 사업을 관리하고 있는 검매의 상황은 그보다 더 심한데, 마저 설명해 드릴까요?"

설무백은 손을 들어서 제갈명의 말문을 막으며 말했다.

"내가 수일 내로 적당한 인물을 물색해 보도록 하지."

제갈명은 아직 할 말이 더 있는 표정이었으나, 곧바로 이어진 설무백의 말이 그의 관심을 돌려놓았다.

"거사 준비는 어떻게 되어 가고 있어?"

제갈명이 기다렸다는 듯 말을 받았다.

"그렇지 않아도 그에 대해서 물어볼 것이 있었습니다. 우리 풍잔에 할당된 인원이 몇이죠?"

"딱 백 명."

"고작 백 명이요?"

"그것도 많은 거야. 흑백도를 막론한 강호무림의 천 명 중백 명이다. 적으냐?"

"그렇게 따지면 그렇지만, 그래도……!"

제갈명은 실로 난감한 기색을 드러냈다. 그리고 그 이유를 설무백에게 내보였다.

　　"지원자들 중에서 제가 추리고 또 추린 명단입니다. 한번 확인해 보세요."

　　설무백은 제갈명이 건넨 죽지를 확인했다.

　　죽지에는 풍잔의 요인들을 시작으로 이백 오십여 명의 이름이 나열되어 있었다.

　　"아직 양가장의 지원자는 추리지도 못했는데, 그 정도입니다."

　　설무백은 쩝쩝 입맛을 다셨다.

　　"명계(冥界)로 가는 사지일 수도 있는데, 왜 이렇게 지원자가 많은 거야."

　　제갈명이 당연한 것 아니냐는 듯 대답했다.

　　"역사에 남을 길이기도 하니까요."

　　"죽어서 역사에 남아서 뭐 하게?"

　　"호랑이는 죽어서 가죽을 남기고, 사람은 죽어서 이름을 남긴다고 하지 않습니까."

　　"음."

　　설무백은 죽지의 이름들을 확인하며 고민에 빠졌다.

　　그 모습을 보며 제갈명이 넌지시 조언했다.

　　"그간의 서열 비무로 정해진 서열이 있긴 하지만, 그래도 막무가내로 제외하면 원성이 이만저만이 아닐 겁니다. 식구들의 실력이 전반적으로 상승한데다가, 비무라는 게 워낙 상대적이라 낮은 서열에게는 져도 높은 서열에게는 오히려 이기는 경우가 허다하거든요."

설무백은 절로 한숨을 내쉬었다.

"결국 이 시국에 거사 인원을 선발한답시고 도전자를 받는 비무 대회를 열어야 한다는 건가?"

제갈명이 어깨를 으쓱했다.

"어쩔 수 있나요. 그게 가장 공평한 것을요."

그는 말미에 어색한 웃음을 흘리며 재우쳐 말했다.

"문제는 양가장의 식구들도 참가해야 한다는 거죠."

설무백은 생각이 많아진 표정으로 물었다.

"그쪽은 인원이 얼마나 돼?"

제갈명이 자못 음충맞은 기소를 흘리며 대답했다.

"흐흐, 주군께서 상상하는 이상일 겁니다. 흐흐흐⋯⋯!"

"그렇게나 좋냐, 그게?"

설무백은 눈총을 주며 순간적으로 제갈명의 머리를 한 대 쥐어박았다. 그리고 어리둥절해했다.

타격감이 달랐고, 제갈명이 멀쩡했다.

"흐흐⋯⋯!"

제갈명이 한층 더 음충맞게 웃으며 말했다.

"제가 언제까지 당하고만 있을 거라고 생각하면 크게 오산입니다. 흐흐흐⋯⋯!"

설무백은 실소했다.

"정말 철두공을 익힌 거냐?"

제갈명이 손바닥으로 자신의 이마를 쓱 닦으며 자랑스럽게 말했다.

"그냥 철두공이 아니라, 소림비기인 금강사자두(金剛獅子頭)라는 겁니다."

설무백은 절로 고개를 갸웃했다.

"소림비기를 네가 어디 나서 익혀?"

제갈명이 어깨를 으쓱이며 대답했다.

"비풍에게 한 달이나 조르고 졸라서 겨우 얻어 냈지요. 사자선법(獅子扇法)의 구결을 알려 주는 조건으로요."

설무백은 고개를 끄덕이다가 이내 미간을 찌푸렸다.

비풍이라면 가능했다.

비풍의 머리는 그야말로 무공의 보고와 다름없기 때문이다.

과거 투도술의 대가인 천면호리가 천하를 돌며 수집한 무공이 전부 다 그의 머리에 저장되어 있는 것이다.

하지만 제갈명이 사자선법을 알고 있다는 것은 말이 되지 않았다.

사양선법은 제갈세가의 비기였다.

제갈세가 출신이긴 하나, 가주의 눈 밖에 난 서자이고, 일찍이 내놓은 자식으로 밖에서 구르며 살던 제갈명은 정말이지 제갈세가의 비기와 거리가 멀었다.

"네가 사자선법을 알고 있었다고?"

제갈명이 히죽 웃으며 대답했다.

"제가 그걸 어찌 압니까. 향이라면 몰라도. 향이에게 부탁해서 전해 줬죠."

설무백은 새삼 실소했다.

"너희 동기간은 정말이지 욕심이 없구나. 내가 알기로 사자선법은 적엽비화와 더불어 제갈세가의 양대비기인데, 그렇게 중요한 가문의 비기를 마구 다른 사람에게 전해 주고 있으니 말이다."

제갈명이 그게 무슨 대수냐는 듯이 말했다.

"사자선법이 비록 부채를 쓰는 무공 중에서 열 손가락에 꼽힌다고 알려졌지만, 고작 그게 다인 무공입니다. 부채는 어디까지나 부채죠. 좋게 말해서 기문병기에 속하기는 하나, 어차피 검이나 도를 쓰는 무공들 중에서 백 대에 겨우 들어갈까 말까 하는 검법이나 도법에게도 밀리는 수준이라 이겁니다. 그런 걸 아껴서 뭐 합니까?"

설무백은 한숨을 내쉬며 말을 받았다.

"너의 그 하해와 같이 넓은 마음은 실로 나도 본받고 싶을 정도로 놀랍다만, 혹시 그거 아니?"

"뭐요?"

제갈명이 어리둥절해하며 묻자, 설무백은 자신이 알고 있는 바를 말해 주었다.

"너는 소림비기인 금강사자두를 익힌 것이 아니라 그냥 소림의 행자들이 익히는 사자두를 익힌 거다. 소림비기인 금강사자두는 사자두를 익힌 소림의 무승이 소림내공의 정화인 금강부동신공(金剛不動神功)을 경지에 이루고 나서 펼칠 때 붙여지는 이름이니까, 이놈아!"

말이 끝맺음과 동시에 설무백은 주먹을 들어서 제갈명의 머리를 한 대 쥐어박았다.

"악!"

제갈명이 비명을 지르며 주저앉아서 두 손으로 마구 머리를 비볐다.

이번에는 설무백이 약간의 내력을 주입해서 그의 머리를 가격했던 것이다.

"이제 알겠지? 사자의 머리는 그저 사자의 머리일 뿐인 거야. 이렇게 쇠망치로 한 대 맞으면 아프고, 여차하면 깨져 버리는 거라고."

제갈명이 빽 하고 소리쳤다.

"주군이 그렇게 힘주고 때리면 세상에 안 아플 머리가 어디에 있어요! 금강사자두가 아니라 금강사자두 할아버지 머리라도 깨지는 게 당연하죠!"

"어라, 아네?"

설무백은 피식 웃고는 끌끌 혀를 차며 재우쳐 말했다.

"나만 그런 게 아니라, 네가 상대하는 사람들이, 정확히는 네

머리를 때리는 사람들이 죄다 그렇다. 금강사자두 할아버지 머리라도 깨트릴 수 있는 사람들이라고."

"……!"

제갈명이 이제야 지금 설무백이 무슨 말을 하는 것인지 감을 잡은 듯 울상이 되었다.

"에구, 제기랄!"

"자기가 헛똑똑이 짓을 해 놓고, 제기랄 무슨!"

설무백은 짐짓 눈을 부라리며 한 대 더 때릴 것처럼 주먹을 쳐들며 윽박질렀다.

"한 대 더 맞기 싫으면 어서 나가서 사람들이나 집결시켜."

제갈명이 아직도 충격이 남았는지 머리를 비비며 물었다.

"여기로요?"

"여기는 무슨, 풍무장으로."

"그럼 비무를……?"

"그래."

설무백은 한숨을 내쉬며 말했다.

"이 시국에 이러는 건 나도 싫지만, 어쩔 수 없지. 그게 공평하다면 그걸로 해야지 않겠냐."

"양가장도요?"

"뺄 수 없지."

"옙! 알겠습니다!"

제갈명이 후다닥 밖으로 뛰어나갔다.

그리고 실로 빠르게 거사에, 바로 일천결사에 지원한 모든 사람들을 풍무장으로 집결시켰다.

풍잔의 때 아닌 비무 대회가 그렇게 시작되었다.

폭풍전야暴風前夜 (7)

"시작하기에 앞서 한 가지 분명하게 주지시키고 넘어갈 것이 있다. 지금의 마교는 싸움에 져서 후퇴하는 것이 아니다.

길을 헤매고 다니는 자들이 모두 길을 잃은 것은 아닌 것처럼 지금의 저들 또한 그렇다.

중원 입성을 위한 충분한 여력을 가졌음에도 스스로 물러나는 거다.

아직 자세한 내막은 밝혀지지 않았으나, 나는 저들이 전력을 재정비하기 위해서 물러나는 것으로 보고 있다.

소위 이보 전진을 위한 일보 후퇴라는 얘기다.

지금 저들이 이전과 달리 뭉치고 있다는 것이 그 방증이다.

저들은 이전보다 더 강해지고 있는 셈이다.

일천결사는 그런 마교와 싸워야 한다.

하물며 저들은 우리가 공격할 것을 이미 알고 있다.

이 길이 얼마나 험난한지는 공성전의 맹점만 떠올려 봐도 쉽게 알 수 있을 거다.

공성전은 공격하는 쪽이 성을 수비하는 쪽보다 최소 세 배 이상의 인원을 확보해야만 비로소 가능하다.

이긴다는 것이 아니라 그래야 겨우 싸움을 시작할 수 있다는 소리다.

그런데 일천결사가 싸워야 할 저들은 최소 십만마인(十萬魔人)다.

일천결사가 가는 길은 꿈과 희망, 명예를 따지기에는 너무 잔인한 사지라는 뜻이다.

이점을 분명하고 확실하게 기억하고 이번 비무에 나설지를 결정하기 바란다! 이상!"

비무 대회에 앞서 풍무장의 단상에 오른 설무백의 연설이었다.

담담하고 나직한 그의 연설은 모종의 기운이 서려서 반경 오십여 장에 달하는 풍마장의 이 끝에서 저 끝까지 흩어져 앉아 있는 모든 사람들의 귀에 정확히 들어갔다.

환호성은 없었다.

환호성을 지르기에는 오늘의 자리가 가지는 의미와 설무백의 목소리에 실린 기운이 너무나도 무거웠다.

설무백은 그렇게 단상에서 내려오고, 그 무거운 기운을 이어받아서 제갈명이 단상에 올랐다.

장내의 무게가 무색할 정도로 담담하게 자리로 돌아가 앉는 설무백에게 검노가 슬쩍 물었다.

"얘기를 전해 듣고 나서부터 계속 궁금했던 건데, 왜 하필 일천 명인 거지?"

주변의 모든 시선이 설무백에게 쏠렸다.

다들 내색을 삼갔을 뿐, 그 이유가 궁금했던 것이다.

설무백은 주변의 반응에 잠시 뜸을 들이다가 대꾸했다.

"오랜 과거 천애유룡 선사께서 천하를 장악한 마교를 기습할 때 동원한 인원이 일천 명이었지."

"설마 그걸 따라하는 거라고?"

검노가 황당해했다.

다른 사람들의 표정도 다르지 않았다.

설무백은 그게 아랑곳하지 않고 말했다.

"왜 일천 명이었을까? 마교가 천하를 장악한 이후라고는 하나, 여전히 중원 전역에서 산발적인 교전이 벌어지고 있었다는 얘기로 봐서는 충분히 그 이상의 인원도 동원할 수 있었을 텐데 말이야."

"글쎄……? 그런 쪽으로는 생각해 본 적이 없어서…….."

검노가 그러고 보니 그것도 궁금하다는 표정으로 고개를 갸웃거리자, 설무백이 픽 웃으며 농단처럼 말했다.

"혹시 죽어도 일천 명만 죽으려고 한 것이 아닐까?"

"잉?"

검노가 어이없어했다.

역시나 얘기를 듣던 주변의 다른 사람들도 같은 기색이었다.

"내가 곰곰이 생각해 봤는데…….."

설무백은 가볍게 웃는 낯으로 어깨를 으쓱하며 다시 말했다.

"그게 사실인지 아닌지는 모르겠지만, 딱 한 가지 결론이 나오더라고."

설무백은 침을 삼키느라 잠시 말을 끊었다.

중요한 지점에서 말이 끊어지자 극도의 호기심으로 인해 검노는 물론, 주변의 모두가 그를 따라서 침을 삼켰다.

비무를 주관해야 하는 제갈명은 물론, 저 멀리 떨어져 있는 사람들조차도 만사 제쳐 두고 그에게 이목을 집중하며 그러고 있었다.

"어떤 결론?"

"그게…….."

설무백은 특유의 미온한 미소를 지으며 말했다.

"천 명이 가서 이길 수 없으면 만 명이 가도 더 나아가서 십만 명이 가도 이길 수 없다는 결론."

"……."

애초에 질문을 했던 검도는 물론이거니와 주변에 자리해 있는 환사와 천월, 태양신마, 예충, 풍사 등, 풍잔의 정예 요인들 모두가 묘하게 굳어진 얼굴로 입을 다물며 침묵했다.

당최 이걸 어떻게 해석하고 어떻게 받아들여야 할지 전혀 감을 잡지 못하겠다는 표정들이었다.

설무백은 그러거나 말거나 예의 미소를 한층 더 짙게 드리우며 말을 더했다.

"소위 쪽수 앞에 장사 없다는 말은 나도 알아. 하지만 그건 강호무림의 고수들하고는 적잖게 괴리감이 있는 말이지. 제아무리 상대적이라고는 해도, 일당백, 일당천의 고수가 산재한 곳이 바로 우리가 사는 강호무림이잖아."

그는 말미에 사뭇 예리해진 눈빛으로 검노를 비롯해서 그 곁의 앉은 환사와 천월, 태양신마, 예충, 풍사 등을 둘러보며 불쑥 물었다.

"검노가 어디 한번 솔직히 대답해 봐. 우리 풍잔을 무너트리려면 지금 여기 있는 사람들 중에 몇 명과 손을 잡으면 될 것 같아?"

"......!"

검노가 일순 당황한 기색을 보이다가 이내 피식 웃었다.

그리고 앞서 설무백이 둘러보았던 환사와 천월, 태양신마, 예충, 풍사에 이어 뒤쪽에 앉아 있는 잔월과 일견도인, 무진행자, 묵면화상, 융사, 대력귀, 화사, 철마립까지 차례대로 손으로 가리키고 나서 대답했다.

"다른 애들은 몰라도 광풍대 애들이 워낙 악바리들이라 이 정도는 손을 잡아야 할 걸 아마?"

설무백은 피식 따라 웃으며 말했다.

"그게 바로 내 생각인 거야. 이제 이해되지, 내 말?"

검노가 그런 것 같기도 하고 아닌 것 같기도 하다는 듯이 미간을 찌푸리며 고개를 끄덕였다.

주변의 다른 사람들 역시 그와 같은 기색으로 입맛을 다시거나, 눈동자만 치켜뜨며 골똘히 생각에 빠졌다.

말 그대로 이게 말이 되는 소린가 하는 반응들이었다.

설무백은 그들의 반응을 외면하며 혼잣말처럼 중얼거렸다.

"싸움의 기본으로 돌아가서 한 사람을 노리고 공격할 수 있는 인원은 지극히 제한적이지."

주변의 모든 시선이 그에게 쏠렸다.

그는 그에 아랑곳하지 않고 계속 말했다.

"사방이 트인 공간이라고 해도 고작해야 동서남북 사방인 네 사람이고, 기문둔갑이나 좌문방도의 수법을 익힌 자들이라고 감안해도 하늘과 땅, 두 방위만 더하면 되니까, 육방 여섯 사람이야. 즉, 누구든 한 사람이 매순간 여섯 사람만 상대하면, 아니, 상대할 수 있으면 되는 거야. 그 이상의 인원은 오히려 자기 동료들의 수족이나 병기를 방해할 뿐이니까. 물론!"

문득 말을 끊은 그는 슬며시 고개를 돌려서 자신을 주시하고 있는 사람들의 시선을 마주하며 덧붙였다.

"그렇듯 혼자서 쉬지 않고 다수를 상대하면서도 절대 지치

천외천의
주인

지 않은 체력과 내공을 겸비한 사람에 한해서 말이지만."

그는 무심한 듯 냉정해진 눈빛으로 좌중의 시선을 둘러보며 결론을 내리듯 말을 끝맺었다.

"그 정도가 아니면, 그리고 그런 각오가 없으면 애초에 나설 생각도 하지 말아야 하는 거지! 그야말로 주변에서 싸우는 동료에게 폐만 끼칠 테니까!"

침묵이 흐르며 무거운 정적이 내려앉았다.

당장에 비무 대회를 진행해야 하는 제갈명이 선뜻 나서지 못하고 눈치를 보는 그 순간에, 설무백이 다시 말문을 열었다.

"다들 궁금증이 풀렸으면 이제 내가 하나만 물어봅시다. 그런 생각조차 하지 못했으면서 왜 이렇게 다들 기를 쓰고 사지로 들어가지 못해서 안달인 거야?"

검노가 대답에 앞서 미묘한 미소를 지으며 주변을 둘러보았다. 그러고 보니 설무백의 질문이 끝나기 무섭게 다들 검노처럼 뜻 모를 미소를 짓고 있었다.

설무백은 절로 어리둥절해졌다.

어째 질문한 그 자신만 모르고 있고 다들 아는 눈치가 아닌가 말이다.

"뭐야, 이 분위기?"

설무백이 한마디 하기 무섭게 검노가 자못 음충맞은 기소를 흘리며 말문을 열었다.

"역시 우리 젊은 주인도 모르는 게 있기는 있군그래. 하긴,

그게 우리 젊은 주인의 매력이기도 하지."

설무백은 짐짓 오만상을 찡그렸다.

"이럴 거야 정말?"

검노가 진정하라는 듯 슬쩍 손을 들고는 씩 웃으며 말했다.

"다른 사람들이 무슨 생각으로 그러는지는 몰라도 나는 딱 한 가지 생각이야. 바로 젊은 주인이 우리 곁에 있기 때문이지."

설무백은 절로 실소했다.

"그건 너무 추상적인 마음가짐 아닌가?"

"말주변 없는 검노야에게 더 이상 뭘 바라십니까. 그 정도면 아주 훌륭하게 대답하신 거지요."

제갈명이었다.

그가 애써 검노의 눈총을 외면하며 재우쳐 물었다.

"그다음은 제가 말씀드려도 될까요?"

설무백의 승낙이 떨어지기도 전에 그가 다시 말했다.

어차피 승낙을 받을 생각도 없었던 것이다.

"사람들은 종종 대세가 기울어졌다는 얘기를 하지요. 그리고 대세는 그 어떤 힘으로도 거스를 수 없다는 것이 상식입니다. 그런 면에서 볼 때, 작금의 대세는 중원무림의 힘만 가지고는 절대 마교를 이길 수 없다는 겁니다. 그런데 말입니다."

제갈명은 마치 호기심을 유발하는 것은 이야기꾼처럼 한순간 말을 끊어서 주변의 관심을 극대화시켜 놓고 여유롭게 웃으며 다시 말을 이어 나갔다.

"세상은 실로 오묘해서 간혹 상식을 뒤집는 존재가 나타나 곤 합니다. 그런 존재는 기존의 질서에 구애받지 않거나 혹은 무시하며 세상의 흐름을, 바로 역사를 바꾸어 놓는 신위를 발 휘하고, 천하의 지자들조차도 한 치 앞을 내다볼 수 없도록 모 진 세상도 자신의 의지대로 변화시켜 놓지요."

그는 보란 듯이 멋들어지게 두 팔을 펼쳐서, 그것도 한 팔 한 팔 좌우로 펼쳐서 장내의 모두를 가리키며 힘주어 덧붙였다.

"우리 모두는 그 존재가 바로 주군이라고 생각하는 겁니다! 기존의 질서를 무시할 수 있는 존재, 상식을 뒤엎어서 그 어떤 천하의 지자들도 예상할 수 없는 변수를 창조하는 존재, 그런 존재가 우리 곁에 있는데 무엇이 두렵겠습니까!"

설무백의 눈에는 절로 닭살이 돋도록 낯 뜨겁게 보이는 제 갈명의 작위적인 태도와 언변이 다른 사람들에게는 엄청난 호 소력을 발휘한 모양이었다.

장내가 뜨거운 열기로 들끓었다.

다들 설무백의 눈에는 작위적으로 보이는 제갈명의 웅변에 동화되어서 뜨거운 눈빛으로 불타는 가슴의 격정을 드러내고 있었다.

설무백은 진실 여부를 떠나서 실로 뿌듯하다는 감격스러운 상황이긴 했으나, 그래서 더욱더 견디지 못하고 제갈명에게 눈 총을 주며 한마디 했다.

"다들 짰나?"

제갈명이 펄쩍 뛰었다.

"무슨 그런 서운한 말씀을……! 주군을 향한 이 열정적인 충심이 느껴지지 않습니까!"

설무백은 한층 더 곱지 않은 눈빛으로 제갈명을 쏘아보았다.

"그럼 너 혼자 짠 거냐?"

"예? 아니, 정말 섭섭하게……!"

"섭섭하기로 치면 너보다 내가 더 섭섭하지. 정작 너는 지원도 하지 않았잖아."

제갈명이 보란 듯 울상을 지었다.

"지원하고 싶어도 능력이 부족해서 지원하지 못하는 이놈의 마음은 오죽 썩어 문드러지겠습니까."

설무백이 아무리 봐도 그건 아닌 것 같다는 얘기를 해 주려는 참인데, 제갈명이 재빨리 돌아서며 크게 외쳤다.

"자, 그럼 이제 거사에 참가할 명단을 밝히도록 하겠습니다! 도전할 의사를 가진 분들은 마음의 준비를 해 주시기 바랍니다!"

거사에 참가할 명단은 바로 설무백을 제외한 풍잔의 서열 백위권의 고수들이었다.

제갈명은 그들의 이름과 그 아래 서열이지만 거사에 참가하기를 희망하는 사람들의 이름을 일일이 다 거명하기 시작했다.

검노가 그 와중에 슬쩍 설무백의 어깨를 건드리며 말했다.

"아직도 그렇게 낯을 가리오?"

"······?"

"다른 건 몰라도 저 녀석이 가진 책사로서의 능력은 정말 탁월하오. 젊은 주인도 그건 인정하지 않소?"

설무백은 절로 미간을 찌푸렸다.

첫 번째 질문은 그를 두고 하는 말이고, 두 번째는 제갈명을 두고 하는 말인지는 알겠는데, 대체 무슨 뜻으로 하는 말인지는 선뜻 이해할 수 없었다.

"무슨 질문이 그리 중구난방이에요?"

"저 녀석이 전에 그랬잖소. 제왕의 덕목 중에 가장 중요한 것이 바로 후안무치(厚顔無恥)라고, 모든 것을 다 책임져야 하지만, 다른 한편으로 모든 것을 다 책임지지 않아도 되는 것이 바로 제왕인 거라고. 기억 안 나오?"

설무백은 쓰게 웃었다.

기억하고 있었다. 아니, 말을 들으니 기억났다.

그래서 지금 검노가 무슨 말을 하고 싶은지도 알았다.

지금 검노는 조금 전 그가 제갈명의 말을 듣고 닭살이 돋아서 어쩔 줄 모르며 다급히 화제를 돌린 것을 지적하는 것이다.

"낯을 가리는 게 아니라 허황된 포장이 싫은 겁니다. 저는 제왕이 아니니까요."

"제왕이오."

검노가 잘라 말했다.

"무림의 제왕."

"……."

설무백은 물끄러미 검노를 보았다. 그러다가 불쑥 물었다.

"제게 뭐 바라는 것 있어요?"

검노가 답변 대신 슬쩍 고개를 돌려서 옆에 앉은 환사와 천월, 예충 등을 향해 물었다.

"자네들은 어떻게 생각해? 우리 젊은 주인이 무림의 제왕이라는 데 이의 있나?"

환사가 기다렸다는 듯 대답했다.

"이의는 무슨, 당연한 얘기 아니오!"

천월이 맞장구를 쳤다.

"주군이 무림의 제왕이 아니면 달리 누가 무림의 제왕이겠소."

예충과 풍사 등, 그들의 대화를 들은 풍잔의 요인들도 굳이 말을 하지 않았을 뿐, 다들 당연하다는 듯 고개를 끄덕였다.

다만 그들과 조금 떨어져 있는, 그렇지만 분명히 그들의 대화를 들었을 태양신마와 검영, 그리고 검군 적용사문만이 뜻 모르게 깊어진 눈빛으로 설무백을 바라보고 있을 뿐이었다.

설무백은 짐짓 눈가를 좁히며 말했다.

"정말 다들 짠 거 아냐?"

검노가 끌끌 혀를 찼다.

"또 이런 식으로 회피할 생각이오? 과공비례(過恭非禮)라고 했소. 모두가 인정하는 사실을 정작 당사자가 부정하는 것은 겸손이 아니라 부도덕이고, 모두를 무시하는 처사요."

설무백은 잠시 뜸을 들이다가 물었다.

"정말 몰라서 묻는 건데, 내가 그걸 인정하면 뭐가 달라지는 거지?"

"그거야…… 음."

검노가 말문이 막힌 듯 선뜻 대답하지 못하고 입을 다물었다.

설무백의 빛나는 시선이 환사와 천월, 예충 등을 향해서 돌려졌다.

대답을 요구하는 눈빛이었으나, 그들도 선뜻 대답하지 못하기는 마찬가지였다.

예상하기 어려운 의외의 질문이었던 것이다.

설무백은 가만히 웃는 낯으로 그런 그들을 둘러보며 차분하게 말문을 열었다.

"그래, 그런 거야. 내가 그것을 인정하거나 말거나 달라지는 것은 없어. 나를 평가하는 것은 바로 나여야 해. 타인의 평가를 무시할 생각은 없지만, 신경 쓰고 연연할 생각도 없어 나는. 타인의 평가에 목을 매는 것은 나 자신을 잃어버리게 되고, 내가 할 일, 내가 하고 싶은 일을 망각하게 될 뿐이니까."

그는 어깨를 으쓱하며 말을 더했다.

"무림의 제왕? 듣기에는 좋지. 그래서 어쨌다고? 대체 뭐가 달라지는데? 내친김에 부탁하는데, 자신들의 잣대로 나를 평가

하지 말아 줬으면 해. 그러다가 나중에 실망하면 어쩌려고 그래? 부디 지금의 나로 만족해 주길 바라."

분위기가 갑자기 무거워졌다.

다들 장난을 치다가 장독을 깬 아이들처럼 당황한 기색들이었다.

그때 그들의 뒤편에 요미와 함께 앉아 있던 담태파야가 자못 능청스러운 목소리로 나섰다.

"우리 젊은 주군께서 왜 이리 전에 없이 예민하게 구시나 했더니만, 그것 때문이었구면. 혹여나 기대에 부응하지 못할까봐서, 그게 걱정돼서……."

검노를 비롯한 주변의 모든 시선이 설무백에게 고정되었다.

설무백은 무색해진 얼굴로 그들의 시선을 피했다.

담태파야가 다시 말했다.

"하긴, 그럴 만도 하지. 늙으나 젊으나 사내라는 것들은 하나같이 단순하기 짝이 없어서 그저 마냥 우러러보며 찬양하고 숭배하는 것이 최고라고 생각하니까. 그게 얼마나 사람을 힘들고 어렵게 하는지도 모르고 말이야."

설무백은 한 방 맞은 기분으로 내심 고소를 금치 못했다.

분명 그런 생각을 가지고 한 말이 아니라 그저 자신의 생각을 밝힌 것이었다.

그런데 담태파야의 말을 듣고 보니 그게 아닌 것 같았다.

담태파야의 말마따나 자신도 모르는 내면에 그런 부담감이 자리하고 있었던 모양이다.

그게 아니라면 지금처럼 필요 이상의 거부감을 드러낼 리가 만무하지 않은가.

"하지만 주군. 너무 그리 심각하게 생각할 것 없어요. 저 종자들이 그런 깊은 생각은 못할지 몰라도 주군을 믿고 따르는 마음만큼은 그야말로 진국이라오. 주군이 외유를 돌 때마다 저 종자들이 얼마나 전전긍긍 걱정하는지 모르지요?"

"……."

"하기야 다들 능구렁이들이라 주군이 돌아오시면 언제 그랬 냐는 듯이 시치미를 떼니 알 도리가 없겠지요."

"……."

"아무튼, 그러니 걱정 마시구려. 기대니 실망이니 하는 그런 부담감은 애초에 가질 필요도 없어요. 주군이 무림의 제왕이든 아니면 무림의 비렁뱅이든 간에 주군을 향한 마음은 쇠심줄보 다 더한 일편단심(一片丹心)이요, 낙락장송(落落長松)보다 더한 독 야청청(獨也靑靑)일 테니까, 저 종자들은 말이오."

설무백은 실로 폐부를 찔린 기분, 감추고 깊은 치부를 드러 낸 것 같은 감정이 되어서 자신도 모르게 한마디 했다.

"누가 그런 걸 걱정한다고 그래요!"

말을 하고 나서야 아차 했으나, 이미 늦었다.

"아니면 말고지요."

담태파야가 천연덕스럽게 어깨를 으쓱이며 그를 외면했다.

대신에 검노를 비롯한 주변의 요인들은 하나같이 능청스럽게 웃음을 억누르는 표정으로 그를 주시하고 있었다.

설무백은 애써 그들의 시선을 무시했으나, 얼굴이 붉어지는 것만큼은 막을 수 없었다.

천만다행히도 그 순간 그를 돕는 구원의 손길이 있었다.

제갈명의 호명에 따라 풍무장의 중앙으로 나선 두 사람의 대치가 시작된 것이다.

"응?"

불편하던 주변의 시선이 비무로 쏠리자 내심 안도하던 설무백은 풍무장의 중앙에 대치한 두 사람을 확인하자 절로 두 눈이 휘둥그레졌다.

대치하고 있는 두 사람 중 하나가 바로 청전부 은성장의 후예인 손지량이었기 때문이다.

분명 오늘의 비무 대회는 거사에 참가하고 싶은 사람이 거사에 참가할 인원으로 정해진 풍잔의 서열 백 위권의 인물 중 하나를 선택해서 도전하는 방식이었다.

그렇다면 손지량이 어느새 풍잔의 서열 백 위권에 들었거나 그에 분하는 실력을 갖추고 도전자로 나섰다는 뜻인 것이다.

설무백은 손지량의 상대를 확인했다.

상대는 날카로운 눈매와 삐뚤어진 코, 가는 입술에 비해 체구가 산처럼 장대한 중년사내였다.

"누구지……?"

설무백은 기억을 못하고 슬쩍 제갈명을 쳐다봤다.

비무의 시작을 선언하고 뒤로 물러난 제갈명이 그의 시선을 의식하며 고개를 돌렸다.

"왜요?"

"누구야, 저 친구?"

제갈명이 대치한 두 사람을 일별하며 대답했다.

"손지량은 아실 테고, 상대요?"

"응."

"기억 안 나세요?"

설무백은 머쓱하게 고개를 저었다.

"얼굴은 본 기억이 나는데, 누군지는 모르겠네."

"백마사의 오대살승 중 하나인 혈금강이잖아요."

제갈명이 버럭 하듯 대꾸하고는 이내 쩝쩝 입맛을 다시며 재우쳐 말했다.

"하긴, 백마사의 혈승들이 오고 나서부터는 거의 밖으로만 도셨으니, 기억이 가물가물 하시겠네요."

"저 친구가 언제 백 위권에 들었지?"

"최근에요. 그간 서열 이동이 많았습니다. 백마사 친구들 중에서는 금안혈승과 저 친구, 그리고 흑시마궁이 백 위권에 들었지요. 구십구 위입니다, 저 친구가."

"그런데 손지량이 어느새 저 친구에게 도전할 정도의 실력이 된다는 거야?"

설무백이 놀랍다는 듯이 말하자, 제갈명이 웃었다.

"정말 아무것도 모르시네. '어느새'가 뭐예요. 그간 서열 비무에 참가하지 않아서 그렇지, 다들 손지량의 무위는 벌써부터 백 위권이라고 인정하고 있습니다."

"그래?"

"예. 말이 나왔으니 말인데, 그간 서열 비무에 참가하지 않은 건 저 녀석만이 아닙니다. 무일 역시 그간 한 번도 서열 비무에 참가한 적이 없습니다. 주야장천 골방에만 틀어박혀서는……! 보세요. 지금 이 자리에도 빠졌잖아요. 어휴!"

제갈명이 장탄식을 하고는 재우쳐 말했다.

"이참에 그 녀석 좀 어떻게 해 주십시오. 듣기에는 고루마공을 상당한 경지까지 터득했다고 하던데, 그 재주를 이대로 썩히기에는 너무 아깝잖아요."

"음."

설무백은 침음으로 대답을 대신했다.

제갈명의 마음은 이해하지만 선뜻 '그러마' 하고 대답할 수가 없었다.

무일의 재주가 무공만이 아님을 익히 잘 알고 있기 때문이다.

그때 대치하고 있던 혈금강과 손지량의 비무가 시작되었다.

상호간에 어떤 계기가 있었는지는 모르겠으나, 혈금강과 손지량이 거의 동시에 서로에게 달려들었다.

다다다닥―!

빠른 발걸음이 거칠게 울리는 가운데, 두 사람의 뒤로 뿌연 흙먼지가 구름처럼 일어나고 있었다.

경신술을 펼치는 것이 아니라 각자가 상대를 향해서 성난 멧돼지처럼 저돌적으로 달려드는 바람에 일어나는 흙먼지였다.

그리고 한순간, 누가 먼저랄 것도 없이 동시에 두 사람이 저마다 무겁게 땅을 찼다.

쿠웅―!

사람의 발자국 소리라고는 믿기 어려울 정도로 육중한 음향이 터지며 두 사람의 신형이 사선으로 치솟았다.

'혈금강의 장기도 외문기공이었군!'

그랬다.

혹여 장기가 아니더라도 외문기공에 상당한 자부심을 가졌을 터였다.

그게 아니라면 지금과 같은 격돌이 이루어질 수 없었다.

그야말로 육탄돌격, 두 손을 마주잡은 채 무소뿔처럼 어깨를 앞으로 내민 두 사람의 신형이 허공에서 격돌하고 있었다.

빠악―!

거대한 차돌이 부딪치는 듯한 메마른 격돌음이 터졌다.

마주친 그들의 어깨 사이에서 불꽃이 일어나는 것 같은 환상이 연출되었다.

그리고 동시에 튕겨 나갔다.

츠르르르륵-!

두 사람 다 지상으로 내려서기 무섭게 두 발로 지면을 끌며 대여섯 장이나 미끄러졌다.

그들이 물러난 자리를 따라서 깊은 고랑이 파이고 있었다.

먼저 멈춘 것은 손지량이었다.

그가 혈금강보다는 타격을 적게 받은 것이다.

쿠웅-!

다시금 육중한 발 구름 소리가 터지고, 손지량의 신형이 사선으로 비상했다.

여전히 뒤로 미끄러지고 있는 혈금강을 향해서였다.

그 순간에 미끄러짐을 멈춘 혈금강의 얼굴에 당황스러움이 스쳐 지나갔다.

찰나의 순간에 사라진 표정이었으나, 애초에 외문기공을 믿고 육탄돌격으로 마주한 자신의 선택을 후회하는 기색이었다.

그러나 후회는 아무리 빨리 해도 늦다.

손지량의 쇄도는 가히 탄환과도 같았다.

비상을 박차고 날아오른다 싶은 순간에 벌써 혈금강의 면전으로 육박하고 있었다.

"치……!"

혈금강은 자세를 바로 할 사이도 없이 뒤로 물러났다.

막고 자시고 할 여유가 없었다.

와중에 진기를 주입한 주먹을 앞으로 내민 것은 그야말로 본

능일 뿐이었다.

손지량이 그런 혈금강을 그림자처럼 따라붙었다.

그리고 혈금강이 내민 주먹을 왼손 손바닥으로 걷어 냈고, 그렇게 비어진 공간으로 오른손 주먹을 내질렀다.

두 사람의 비무가 그것으로 끝났다.

퍽―!

둔탁한 소음이 터졌다.

혈금강의 가슴에 손지량이 뻗어 낸 주먹이 닿는 순간에 일어난 격타음이었다.

손지량의 일격을 혈금강은 피하지 못한 것이다.

"컥!"

억눌린 신음을 토하며 저만치 날아간 혈금강은 몇 바퀴나 바닥을 구르다가 널브러졌고, 본능적으로 혹은 반사적으로 벌떡 일어났다가 다시 쓰러져서 더는 일어나지 못했다.

제갈명을 비롯해서 대기하고 있던 몇몇 풍장의 의원들이 달려가서 혈금강의 상태를 살폈다.

그리고 이내 제갈명이 설무백을 돌아보며 안심하라는 표정을 지었다.

타격을 입고 혼절하긴 했으나, 크게 다치지 않았다는 것을 알리는 것이다.

그제야 좌중이 안심하는 가운데, 무공에 대한 지식이 해박한 천월이 말했다.

"고루마공이 천하십대기공에 속하는 이유를 여실히 보여 주네요. 혈금강은 철포삼(鐵袍衫)과 같은 계열의 외문기공인 철인벽(鐵人壁)을 익혔고, 그 수준은 소림의 대표적인 외문기공인 나한기공(羅漢氣功)에 근접한 수준이지요. 즉, 도검불침(刀劍不侵)의 수준인 강기일식(剛氣一息)의 경지까지는 달하지 못했어도 능히 일류로 평가할 만한데, 고작 육성 남짓한 정도의 고루마공을 넘어서지 못하니 말입니다."

환사가 나서며 한마디 거들었다.

"저 정도면 위지건하고 한번 해 봐도 재미있을 것 같은데 그래?"

"그 정도는 아니지."

예충이 끼어들며 가당치 않다는 듯 잘라 말했다.

"과거 대력패왕의 청우기공은 소림외공의 절정인 무상금강공(無相金剛功)과 어깨를 나란히 한다고 알려진 극품의 절기가 아닌가. 비록 고루마공이 천하십대외공에 속하기는 하나, 청우기공과 비교하면 조금 부족한 면도 있고, 기본적으로 저 녀석의 경지는 아직 멀었어."

풍사가 나서며 동의했다.

"저도 아직은 저 녀석이 부족하다고 봅니다. 다른 걸 다 떠나서 위지건의 무위는 이미 도검불침의 경지인 강기일식에 근접했습니다. 단순히 외문기공으로만 따진다면 이미 우리 풍잔에서도 위지건을 상대할 수 있는 사람은 거의 없을걸요, 아마?"

"무일도 힘들까?"

"무일의 고루마공도 상당한 경지에 도달했다는 얘기는 들었습니다만, 그래도 힘들 거라고 봅니다."

"그렇겠나……?"

사람들이 놀랐다.

풍사가 부연했다.

"일전에 우연찮게 풍무관에서 위지건을 본 적이 있는데, 청우기공의 마지막 단계인 청강신(靑罡身)을 수련하고 있었습니다. 당시 고작 입문 단계라고 했는데도 불구하고 제가 느끼는 위압감이 상당했어요. 그게 벌써 두 달 전의 일이니, 지금은 또 어떨지 정말 궁금하네요."

풍잔의 대문을 지키는 수문장인 위지건은 지금 이 자리에 없었다.

그는 자신이 거사에 참가할 수 있는 서열인 것에 만족하며 우직하게 본연의 임무에 충실하고 있었다.

일견도인이 나서며 풍사의 의견을 거들었다.

"그러고 보니 나도 얼마 전에 위지건이 금혼살과 비무하는 것을 본 적이 있는데, 아주 가지고 놀더구려. 비무처럼 보이지도 않았소. 금혼살의 독문무공인 금강벽도 나름 강호일절로 꼽히는 상승의 외문기공임에도 상대가 안 돼. 마치 어른이 설렁설렁 봐주면서 애 데리고 노는 것처럼 보였으니, 말 다 했지."

일견도인의 말을 들은 모두가 누구는 수긍하듯 고개를 끄덕이고 누구는 놀랍다는 표정을 짓는 참인데, 환사가 호기심이 동한 눈빛으로 손바닥을 비비며 말했다.

"이번 싸움도 재미있겠군."

설무백을 비롯한 좌중의 시선이 풍무장의 중앙으로 돌려졌다.

까무잡잡한 얼굴이 매우 작아서 크고 동그란 두 눈이 얼굴의 반을 차지하는 것 같은 흑의소녀 하나가 풍무장의 중앙으로 나서고 있었다.

지난날 흑수혈의 특급 살수였던 흑지주였다.

예충이 고개를 갸웃거리며 말했다.

"쟤는 서열 비무에 전혀 관심도 보이지 않더니만 오늘은 무슨 바람이 불어서 나서는 거지?"

시종일관 좌중의 대화에 끼지 않고 있던 대력귀가 대답했다.

"당연히 누가 있으니까 그렇겠죠."

말을 끝낸 그녀의 시선이 설무백에게 돌려지고 있었다.

그녀의 시선을 따라서 주변의 시선이 설무백에게 쏠렸다.

"아……!"

예충이 알은척을 하다가 설무백이 바라보자 슬며시 딴청을 부렸다.

그사이, 제갈명이 흑지주를 향해 물었다.

"이런 쪽으로는 관심이 없는 줄 알았습니다만?"

흑지주가 심드렁한 목소리로 대꾸했다.

"이제 생겼는데, 무슨 문제 있나?"

제갈명이 대답 대신 설무백을 돌아보았다.

어떻게 처리해야 좋을지 묻는 것이다.

설무백은 짧게 말했다.

"그녀도 풍잔의 식구다."

제갈명이 어깨를 으쓱하고는 흑지주를 향해 물었다.

"누구를 선택하겠소?"

흑지주가 잠시 설무백을 시작으로 그 주변과 측면으로 줄지어 앉아 있는 사람들을 스윽 훑어보다가 불쑥 손을 뻗어서 한 사람을 가리켰다.

바로 거사에 참가하는 일백 위권의 인물들 중 한 사람을 지목한 것이다.

"저분으로 하죠."

좌중에 조금 술렁였다.

흑지주가 지목한 사람이 의외의 인물이었기 때문이다.

전 백마사의 주지인 금안혈승이 바로 그였다.

"나?"

금안혈승이 의미심장하게 웃으며 자리를 털고 일어났다.

마치 그럴 줄 알았다는 태도였다.

흑지주가 피식 웃으며 대꾸했다.

"매번 비교되는 사이인데, 이참에 누구 재주가 더 뛰어난지 결정해 두는 것도 괜찮잖아?"

금안혈승이 누런 이를 드러내며 히죽 웃었다.

"나쁘지 않지."

제갈명이 자못 난감하다는 표정으로 설무백을 바라보았다.

그 시선을 의식한 설무백은 혼잣말처럼 물었다.

"금안혈승이 서열 몇 위지?"

뒤쪽에 앉아 있는 풍잔의 총관 융사가 대답했다.

"육십오 위입니다."

풍잔의 식구가 아닌 다른 사람이 이 얘기를 들었다면 그야 말로 놀라 자빠졌을 터였다.

남모르게 뒤를 노리는 살수임에도 불구하고 금안혈승은 엄연히 자타가 공인하는 강호무림의 백대고수에 꼽히는 인물이었다.

그런 인물이 풍잔에서는 고작 서열 육십오 위에 불과한 것이다.

제아무리 드러난 고수보다 숨은 고수가 더 많은 곳이 강호무림이라고는 하나, 이는 실로 놀랄 만한 사실인 것인데, 우습지 않게도 정작 그 얘기를 들은 설무백은 그와 반대되는 얘기를 했다.

"꽤나 높게 올랐네."

융사가 어색하게 웃으며 대답했다.

"명색이 천하십대살수 중에서도 따로 사대살수의 하나로 꼽히는 자가 아닙니까. 서열 비무의 형식을 따라서 그 정도지 만일 암습을 허용하는 싸움이었다면 지금보다 훨씬 더 높은 자리에 올랐을 겁니다. 그래서 드리는 말씀인데…….”

융사가 흑지주를 향해서 나가는 금안혈승을 일별하며 넌지시 말을 덧붙였다.

“괜한 싸움이 아닌가 싶습니다. 거사를 앞둔 마당에 누구든 다치면 손해잖습니까. 말리시는 게 어떻겠습니까.”

설무백은 대수롭지 않게 대꾸했다.

“일단 한번 보고.”

제갈명이 그들의 대화를 듣고는 쓰게 입맛을 다셨다.

사실 그도 융사와 같은 생각으로 못내 그들의 비무를 막고 싶었던 것이다.

“그러고 보니 여태 쟤들이 무슨 병기를 사용하는지도 모르고 있었군.”

예충의 말이었다.

천월이 말을 받았다.

“금안혈승의 병기는 내가 아오. 승표(繩鏢)라오.”

승표는 사오 장 정도의 줄의 한 쪽에 추(鎚)를 매달아 놓은 기문병기인 비추(飛鎚)의 다른 형태이다.

추 대신에 수리검을 달아서 승표라고 불리는데, 비추가 줄에 매달린 형태로 출수하는 형식에 기인해서 유성추(流星鎚)라고 불리듯 승표 역시 유성표(流星鏢)라고 불리기도 한다.

“봤나?”

"보진 못했지만, 그에게 직접 들은 말이니, 거짓은 아니겠지요."

예충이 묵묵히 고개를 끄덕이는 것으로 수긍을 표시하자, 환사가 불쑥 끼어들며 한마디 했다.

"살수 놈의 말을 어떻게 믿어."

천월이 끌끌 혀를 차며 면박을 주었다.

"이젠 우리 식구다, 이놈아."

환사가 그래도 수긍하지 않고 퉁명스럽게 맞받아쳤다.

"순진한 녀석 같으니라고. 그건 그거고, 이건 이거인 거야. 본바탕은 쉽게 변하는 거 아니다. 자기 밑천을 그리 쉽게 드러내는 살수가 세상천지 어디에 있나?"

"그야 이제 보면 알 일이고…… 그보다 쟤는 뭘 쓰는 지 아나?"

"……."

흑지주를 두고 하는 말인데, 아무도 대답하는 사람이 없었다. 다들 모르는 것이다.

주변의 시선이 이내 설무백에게 쏠렸다.

설무백은 어깨를 으쓱했다.

"나도 몰라."

환사가 이때다 싶은 표정으로 말했다.

"거봐. 쟤들이 그렇다니까 글쎄!"

좌중 모두가 무색한 표정을 짓는 참인데, 풍무장의 중앙에서 대치한 금안혈승과 흑지주의 대결이 시작되었다.

흑지주의 선공이었다.

파앗―!

흑지주의 신형이 아무런 사전 동작도 없이 시위를 떠난 화살처럼 쏘아졌다.

앞으로 뻗어진 그녀의 손에는 어느새 한 자가량의 한 자루 단검이 들려 있었다.

"저게 주 무기로 보이진 않는 걸?"

검노의 중얼거림이었다.

금안혈승이 감히 경시하지 못하겠다는 듯 그 순간에 한 발 내딛는 것으로 움직이며 쇄도하는 흑지주를 맞이했다.

반사적으로 허리를 스친 그의 손에는 반달처럼 휘어진 패도(佩刀) 한 자루가 들려 있었다.

"쟤도 그런 것 같네요."

예충이 실소하며 흘린 한마디였다.

때를 같이해서 단검과 패도가 충돌했다.

차창―!

거친 금속성이 터지며 섬광이 일었다.

조각난 검기과 도기가 불꽃처럼 튀기며 두 사람의 신형이 좌우로 돌아갔다.

한 동작처럼 보이지만 사실은 대여섯 번의 동작이 연계되었고, 한 번의 칼질로 보이지만 실제는 저마다 서너 초식이 이어지는 연환격의 격돌이었다.

어지간한 사람들의 눈으로는 구별할 수 없을지 몰라도 지금 이 자리에 있는 사람들의 대부분은 그것을 구별할 수 있는 안 력을 갖추고 있었다.

그리고 그건 한 가지 의미를 내포했다.

"쟤들 저거 전력을 다하지 않고 있는데?"

검노의 말이었고, 정확한 지적이었다.

오늘 자리한 풍잔의 식구들이 다들 상당한 경지를 터득한 고 수들인 것만큼은 부인할 수 없는 사실이나, 적어도 그들 모두 가 금안혈승이나 흑지주씩이나 되는 고수의 격돌을 이처럼 세 세하게 파악할 수 있다는 것은 말이 되지 않았다.

"둘 다 한 수를 보나?"

예충의 말이었다.

검노가 동의하듯 말을 받았다.

"그럼 위험하겠는 걸?"

검노의 말이 끝나기 무섭게 우려가 현실로 드러날 기미가 보 였다.

챙-!

경기를 모은 단검과 패도가 격돌하고, 금안혈승과 흑지주가 그 여파에 밀려 나갔다.

순간, 누가 먼저랄 것도 없이 동시에 그들, 두 사람의 손이 상대를 향해 뻗어졌다.

쉬잇! 촤악—!

예리한 파공음 아래 섬광이 일어나고, 검게 번들거리는 두 줄기 흑선이 그들, 두 사람 사이를 이었다.

비무가 아니라 살상을 위한 공방이었다.

비무에 익숙지 않은 사람들이라서 그런 걸지도 모른다.

두 사람 다 최단거리로 이동하며 본능처럼 혹은 반사적으로 상대의 목숨을 노리는 절초를 펼쳤다.

금안혈승의 손에서 뻗어 나간 흑선이 흑지주의 목을 뱀처럼 휘감았다.

흑지주의 손에서 쏘아진 흑선이 바닥을 치며 치솟아서 금안혈승의 가슴을 파고들었다.

"앗!"

지켜보는 모두가 놀라고 당황하는 그때, 어느새 날아간 설무백이 그들 사이에 내려서서 그들을 연결한 두 줄기 흑선을 잡아챘다.

"그만!"

설무백의 왼손에는 금안혈승의 가슴을 파고들기 직전인 검은 채찍이 잡혀 있었다.

흑지주는 채찍을 마치 창처럼 사용해서 채찍의 끝에 달린 작은 마름모꼴의 쇠붙이로 금안혈승의 가슴을 노렸던 것이다.

다른 한편으로 설무백의 오른손에는 흑지주의 목을 휘감으며 돌아서 목을 찌르려는 검은 줄의 끝인 수리검이 쥐어진 상태였다.

승표였다.

실로 한순간만 늦었어도 금안혈승의 승표는 흑지주의 목을 찌르고, 흑지주의 채찍 끝은 금안혈승의 심장을 파고들었을 상황이었던 것이다.

"철천지원수냐? 뭐가 이리 치열해?"

금안혈승과 흑지주는 넋이 나간 사람처럼 그저 멍하니 설무백을 바라보았다.

이해할 수 있는 모습이었다.

그들이 펼친 승표와 채찍은 보통의 승표나 채찍이 아니었다. 그들의 전신 내력이 응축된 승표와 채찍은 바위라도, 아니, 철벽이라도 부수고 꿰뚫어 버릴 막강한 경기가 내포되어 있었다.

설무백은 그런 그들의 승표와 채찍을 흡사 동네 아이들이 노는 고무줄처럼 잡고 있는 것이다.

"둘 다 죽는다. 둘 다 참가자로 인정할 테니, 무승부로 하고 그만해."

설무백이 양손에 쥐고 있던 승표와 채찍을 놓아주자, 금안혈승과 흑지주가 무색해진 모습으로 긴 한숨을 내쉬며 물러났다.

너무나도 큰 장벽이 가로막으니, 화가 나기는커녕 맥이 풀려 버린 모습들이었다.

설무백은 물러나는 그들을 등지고 돌아섰다.

그리고 본래의 자리로 돌아오다가 고개를 갸웃했다.

정기룡이 자리에서 일어나서 그를 마중하고 있었기 때문인데, 이내 그게 아님을 알게 되었다.

정기룡이 씩 웃으며 손가락으로 자기 자신을 가리켰다.

"헤헤, 다음 도전자요."

자리로 돌아온 설무백은 주변에 앉은 사람들을 둘러보다가 융사에게 시선을 고정했다.

누가 뭐래도 풍잔의 상황은 총관인 융사가 가장 잘 알고 있을 테고, 그간 돌보지 못한 정기룡의 상태도 그럴 터였다.

설무백은 물었다.

"기룡이 요즘 어때?"

융사가 대답했다.

"무공 수련을 물으시는 거라면, 아주 잘하고 있습니다."

"저 자리에 나설 정도로?"

"문제없을 걸요, 아마?"

"무슨 대답이 그래?"

설무백의 은근한 질타에 융사가 코끝을 긁적였다.

"그 부분에 대해선……."

대답을 하던 융사가 문득 어색하게 웃으며 다시 말했다.

"저도 하는 일이 있다 보니 늘 곁에 붙어서 지켜본 것이 아니라서 정확히는 잘……."

"그렇군."

"하지만 제 예상이 맞을 겁니다. 그간 저 아이가 수련을 게을

리 하는 것을 한 번도 본 적이 없습니다. 양가장에 가면 거기 아이들과 같이, 그리고 이곳에 오면 늘 풍무관에서 살다시피 했거든요."

"그래?"

"예, 그렇습니다. 사실 정기룡의 성정과 재능은 다른 누구보다도 주군께서 가장 잘 아시지 않습니까."

"그렇긴 하지."

설무백은 가만히 고개를 끄덕이는 것으로 융사의 말에 수긍하고, 불쑥 고개를 돌려서 검노와 환사, 천월 등을 바라보았다.

그는 앞서 말을 하던 융사가 그들의 눈치를 보았음을 예리하게 간파했던 것이다.

아니나 다를까, 다들 수상했다.

그들의 대화에 주목하고 있던 검노와 환사, 천월 등이 재빨리 딴청을 부렸다.

"뭐야?"

설무백은 실소하며 재우쳐 물었다.

"뭐가 더 있는 거야?"

"아니, 별로……."

"무슨 말씀이신지……?"

너도나도 다 같이 시치미를 떼는 가운데, 예충이 홀로 다른 배를 탔다.

"애가 하도 똑똑해서 한 수 지도해 주긴 했습니다."

이거였다.

설무백은 눈을 빛내며 물었다.

"그 한 수가 어떤 건데?"

예충이 먼 산을 바라보는 것으로 그의 시선을 외면하며 대답했다.

"아, 그게 정확히 말하면 지도는 아니고, 저보다는 기룡에게 어울릴 것 같은 무공을 하나 건네줬습니다."

"말 자꾸 돌릴래? 그래서 그게 어떤 무공이라는 거야?"

"험험, 그게 구유복마력(九幽伏魔力)이라고, 예전에 아는 친구가 먼저 가면서 적당한 애가 보이면 전해 주라고 해서……."

"구유복마력!"

그들의 측면으로 조금 떨어진 자리에 무리를 지어 앉아 있던 검산의 고수들, 바로 태산파의 제자들 사이에서 적이 놀란 감탄이 흘러나왔다.

태산파의 이십팔 대 호원관인 혈인마금 담대성이었다.

설무백이 시선을 주자, 담대성이 머쓱하게 웃음을 흘리며 변명처럼 말을 더했다.

"개인적으로 개벽신수(開闢神手) 온술(溫供)과 약간의 친분이 있어서 말입니다. 예 형이 온술의 친우였더니, 세상 참 넓고도 좁습니다그려."

"아……!"

설무백은 본의 아니게 뒤늦은 탄성을 흘렸다.

구유복마력이 어떤 내력을 가진 무공인지 몰라서 잠시 어리둥절해하는 참이었는데, 담대성의 말을 듣자 바로 기억났다.

구유복마력은 석년의 예충과 더불어 흑도십웅의 선두를 다투던 개벽신수 온술의 성명절기이자 천하십대강기의 하나로 꼽히는 강기공이었던 것이다.

"휴……!"

설무백은 이제야 기가 차서 짧은 한숨을 내쉬며 애써 시선을 돌려서 검노와 환사, 천월 등을 바라보며 물었다.

"그쪽 분들은?"

검노가 멋쩍은 표정을 짓더니, 더는 시치미를 떼지 못하고 대답했다.

"난 뭐 그냥 예충의 부탁으로 저 아이가 청마진결과 구유복마력을 혼용해서 사용할 수 있도록 양의문결(兩儀紋結) 하나만 전수해 줬을 뿐이외다."

양의문결은 각기 다른 검법이나 도법 등의 무공을 빠르게 전환할 수 있도록 매개체 역할을 하는 무당의 비기였다.

비록 마음을 둘로 나눌 수 있어서 다른 생각과 의지를 가지고 서로 다른 무공을 한 번에 펼칠 수 있는 양의심공보다는 격이 낮은 신공으로 평가받고 있지만, 평가는 어디까지나 평가일 뿐, 경우에 따라서는 효용가치가 더 높은 비기가 바로 양의문결이었다.

이를 테면, 병기를 사용하는 경우가 그랬다.

양의심공의 경우 하나의 몸으로 서로 다른 두 가지의 무공을 펼치는 것이기 때문에 장력이나, 권력 등 내공을 활용하는 기공술을 사용하는 데 있어서는 효용 가치가 매우 높지만, 병기를 사용하는 경우에는 나름의 제한이 있기 때문이다.

요컨대 두 손으로 사용하는 중병의 경우에는 어차피 양의심공이 무용지물이고, 각기 다른 두 개의 병기를 사용할 경우에는 각각의 병기가 서로를 방해해서 지극히 제한적인 초식을 구사해야 하는 맹점이 있었다.

반면에 서로 다른 두 개의 무공을 빠르게 전환시키는 매개체 역할을 하는 양의문결의 경우 서로 다른 무공을 동시에 펼칠 수는 없지만 집중도가 높고, 무공의 전환의 자유로워서 상대의 허점을 보다 유효하게 파고들 수 있다는 장점을 가졌다.

매번 한 가지의 무공을 펼치면서도 다수의 무공을 혼용할 수 있는 까닭에 상대의 대처가 용의할 수 없는 것이다.

설무백은 그런 생각을 하다가 애써 그의 시선을 외면하고 있는 환사와 천월을 인지하고는 물었다.

"그럼 두 분도……?"

환사가 어색하게 웃으며 대답했다.

"저는 뭐 그저 저 아이가 양의문결을 얻어서 다양한 무공을 혼용할 수 있다기에 간단한 절기 하나만 전해 줬습니다."

"어떤 간단한 절기요?"

"에, 그게 그러니까, 벽라섬(霹羅閃)이요."

벽라섬은 환사의 독문절공인 자하벽라기에 기인한 세 가지 절기 중 하나인 검법이었다.

"벽라섬을 익히려면 자하벽라기도 익혀야 하잖아요."

"아, 예, 그래서 어쩔 수 없이 부수적으로다가 그냥 자하벽라기도…… 하하하……!"

설무백은 한숨을 내쉬며 천월을 돌아보았다.

"하하하."

천월이 어색하고 쑥스럽다는 듯 먼저 입으로만 웃고는 이내 자못 원독에 사무친 듯 날카롭게 눈초리로 태양신마를 쏘아보며 대답했다.

"저야 물론 당연히 아룡에게 아무것도 전수하지 않았습니다. 저 인간이 글쎄 저도 모르는 사이에 아룡이에게 태양신공을 전수해 주는 바람에 말입니다."

"예에?"

설무백은 예상치 못한 일격을 맞은 것처럼 오만상을 찡그리며 태양신마를 돌아보았다.

태양신마가 태연하고 당당하게 말했다.

"시간이 조금 남아도는 참인데, 마침 애가 똘똘해 보여서 말이야. 떡 본 김에 제사 지낸다고 바로 알려 줬지."

결국 천월은 월인신공을 정기룡에게 전수해 주려는 마음을 가지고 있었으나, 태양신마가 한 발 앞서서 정기룡에게 태양신공은 전수해 주는 바람에 포기한 것이다.

그의 월인신공은 태양신마의 태양신공과 상극이라 한 사람이 익힐 수가 없기 때문이다.

설무백이 본의 아니게 웃지도 울지도 못 하겠다는 표정을 짓는 참인데, 천월이 슬쩍 그의 눈치를 보다가 이내 히죽 웃는 낯으로 저편 구석을 쳐다보며 말했다.

"대신 저 아이들에게 전수해 주었습니다. 애들이 기룡이 못지않게 아주 똘똘하더라고요."

설무백은 이건 또 무슨 소린가 해서 급히 천월의 시선을 따라서 고개를 돌렸다.

그런 그의 시선에 들어온 것은 진장된 표정으로 정기룡을 주시하고 있는 일남일녀, 무진과 소소였다.

지난날 정기룡과 함께 개미굴의 아이들을 돌보던 무진과 소소가 어느새 자라서 어엿한 남자와 조숙한 여자로 성장해 있는 것이다.

"쩝쩝……!"

설무백은 소리가 나도록 입맛을 다시며 입을 다물었다.

처음에는 검노 등의 처사가 너무 과한 것이 아닌가 우려했으나, 나름 이것저것 따지고 선별해서 무공을 전수했다는 사실이 드러난 마당이라 더는 뭐라고 할 말이 없었다.

다만 좋고 싫고를 떠나서 왜 그런지 모르게 왠지 기분이 착잡했다. 못내 이런 아이들까지 사지나 다름없는 전장으로 끌고 나가야 하나 생각이 마음이 걸려서인지도 모른다.

정기룡을 주시하는 무진과 소소의 태도를 보니 아무래도 도전자로 나설 기색이었던 것이다.

풍무장의 중앙에서는 도전자인 정기룡이 지명한 광풍삼십팔랑 신오(辛午)의 선공으로 비무가 시작되고 있었다.

광풍삼십팔랑 신오는 일장 가량의 쇠사슬로 자루가 연결된 두 자루 겸(鎌)을, 바로 낫을 무기로 사용하는 기문괴공의 고수였는데, 그 특기를 살려서 순간적으로 한손의 낫을 정기룡을 향해 날리고, 쾌속한 신법으로 그 뒤를 따라붙고 있었다.

정기룡이 날아오는 낫을 막는 순간에 비로소 그의 진짜 공격이 시작되는 것이다.

쐐애애액—!

칼바람처럼 예리한 파공음이 시작되는 그 순간, 정기룡이 빠르게 내달려서 신오를 마중 나왔다.

신오가 날린 낫을 무시하는 처사, 마치 스스로 목숨을 내놓는 것 같은 돌격이었다.

그러나 다른 사람은 몰라도 설무백은 그게 아니라는 것을 바로 간파했다.

'청마유운보에 이은 청마경혼수!'

늦게 움직였지만 오히려 빨랐다.

일시에 서너 장을 압축해 들어간 정기룡의 손이 뻗어져서 날아오는 낫을 측면으로 쳐 냈다.

캉—!

천외천의
주인

거친 금속성이 터지면서 신오가 던진 낫이 하늘 높이 치솟았다.

그 뒤를 따르던 신오가 흠칫 당황하면서도 반사적으로 다른 손의 낫을 무자비하게 휘둘렀다.

하지만 정기룡의 연환격이 더 빠르고 정교했다.

앞선 낫을 쳐 낸 손이 하늘로 치솟는 낫을 따라서 들리고, 그에 따라 자연스럽게 낮아진 자세에서 반회전한 신형을 축으로 길게 뻗어진 정기룡의 손이 휘둘러지는 낫의 아래를 거슬러서 신오의 가슴에 달라붙었다.

펑-!

가죽 북이 터지는 듯한 타격음이 신오의 가슴에서 작렬했다.

"크으……!"

신오가 억눌린 신음을 흘리며 튕겨 나갔다.

힘겹게 중심을 잡으려 애쓰는 그의 대여섯 장이나 주르륵 밀려 나가는 그의 두 발이 바닥에 깊은 고랑을 만들고 있었다.

그리고 그 고랑의 끝에서 신오는 한무릎을 꿇으며 한 손을 바닥에 대서 상체를 지탱했다.

바로 일어나려는 모습이었으나, 일어나지 못하고 있었다.

그 상태로, 신오는 고개를 들고 정기룡을 바라보며 히죽 웃고는 이내 패배를 자인했다.

"졌다, 젠장!"

일체의 방어를 배제한 공격일변도의 격돌이었고, 지켜보는 사람들 중 백의 하나도 제대로 보지 못했을 정도로 빠르게 결정 난 승부였다.

두 사람의 신형이 마주 쇄도하고 이내 하나처럼 엉키는 순간과 동시에 승자와 패자가 갈린 것이다.

물론 제대로 본 사람도 적지 않았다.

그중의 한 사람인 태양신마가 실소를 흘리며 말했다.

"흐흐, 저 녀석, 자기 사부 앞이라고 다른 절기는 꺼내지도 않았군."

예충이 다르게 말을 받았다.

"꺼낼 이유가 없지 않소. 지금의 저 녀석에게는 저게 가장 숙달된 무공이니까."

"그보다 저 녀석 우리 생각보다 더 센데 그래?"

환사의 말이었다.

천월이 동조했다.

"그러게. 아무래도 그간 우리 앞에서는 겸손을 떨었나 봐."

검노 등이 알게 모르게 설무백의 눈치를 보며 주거니 받거니 대화를 나누는 사이, 대기하고 있던 의원들이 뛰어나가서 신오의 상태를 살피고 이내 무사하다는 신호를 보냈다.

의원들이 신오를 부축해서 자리를 벗어나는 가운데, 제갈명이 나서 다음 도전자를 호명했다.

"다음 도전자는 적우!"

설산파의 후예, 정확히는 설산만가와 더불어 설산파의 주력 가문 중 하나인 적 씨 세가의 적자, 적우가 기다렸다는 듯이 자리를 박차고 일어났다.

이제 막 소년기를 벗어나서 청년기로 접어든 까닭인지 건장한 체구에 비해 아직도 어린 티가 묻어나는 그의 얼굴과 눈빛은 단단한 결의로 가득했다.

그런데 자리에서 일어난 그는 막상 비무장으로 나서지 못하고 눈치를 보며 그 자리에 서 있었다.

설무백이 자리를 털고 일어났기 때문이다.

제갈명이 뒤늦게 보고 물었다.

"무슨 하실 말씀이라도……?"

설무백은 묵묵히 고개를 끄덕이며 장내를 둘러보았다.

풍무장에 집결한 모든 사람들이 심상치 않은 그의 기색을 느끼며 이목을 집중했다.

장내가 조용해지자, 그는 단호하게 선언했다.

"비무 대회는 이것으로 끝낸다!"

설무백의 돌발적인 선언에 장내가 크게 술렁였다.

설무백은 그에 아랑곳하지 않고 밑도 끝도 없이 다수의 이름을 호명하기 시작했다.

"사도지현, 언비연, 위지건, 무일, 비풍, 부소, 가등, 이신, 이마, 이요, 단예사, 모용자무, 적우, 손지량, 정기룡, 무진, 소소……!"

대략 이십여 명의 이름이 호명되었다.

　그 속에는 이미 비무에서 승리한 손지량과 정기룡이 포함되어 있어서 잠시 조용해졌던 좌중의 분위기가 다시금 어수선하게 술렁거렸다.

　설무백이 새삼 장내의 분위기를 무시하고는 한쪽 편에 양웅을 필두로 무리를 지어 앉아 있는 양가장의 식구들을 주시하며 다시금 두 사람의 이름을 더 호명했다.

　"양위보, 양위명까지!"

　설무백의 호명이 끝나자, 장내의 술렁거림이 가라앉았다.

　극도의 호기심이 불러온 침묵과 고요였다.

　호명된 사람들이 전부 다 발군의 실력을 뽐내고 또 인정받는 신성들이라 더욱 그럴 수밖에 없었다.

　설무백이 그런 좌중의 마음을 아는지 모르는지 무심한 듯 냉정하게 훑어보며 선언했다.

　"지금 내가 호명한 사람들은 이번 거사에 참가하지 않고 후방에 남는다!"

　그는 못내 웅성거리는 장내를 둘러보며 재우쳐 물었다.

　"불만 있는 사람?"

　나서는 사람은 없었다.

　누구 명령이라고 감히 불만을 드러낼 것인가.

　불만이 있어도 없는 것이다.

　설무백은 마지막으로 한마디 더 선언하며 돌아섰다.

"거사에 참가할 인원은 기존의 서열을 기반으로 내가 따로 선출해서 조만간 알려 주도록 하겠다!"

검노를 비롯한 풍잔의 요인들을 비롯해서 검산의 수뇌부와 양가장의 장주 양웅이 다급히 그의 뒤를 따라붙었다.

와중에 검노가 모두를 대신하듯 물었다.

"갑자기 왜, 이런 결정을……?"

설무백은 미처 검노의 질문이 다 끝나기도 전에 대답했다.

"젊은 피가 전장에 뿌려지는 것은 너무 아까워서요. 물론 거사 이후의 강호무림도 생각하지 않을 수 없고요."

검노가 납득한 듯 빙긋 웃으며 고개를 끄덕이는 가운데, 환사가 기분 좋게 웃으며 말했다.

"하하, 내가 이래서 우리 주군을 좋아한다니까. 변덕을 부려도 이렇게 멋지게 부려요. 하하하……!"

예충도 기꺼운 표정으로 긍정적인 태도를 드러냈다.

"어느 정도 애들의 불만이 예상되기 하지만, 옳은 결정으로 보이는군요."

제갈명이 쩝쩝 입맛을 다시며 알은척을 했다.

"공평보다는 실리를 취한다는 거네요. 만일의 경우에도 풍잔은 세를 지켜서 향후 무림을 주도할 수 있을 테니까요."

설무백은 따가운 눈총을 제갈명에게 던졌다.

"나는 너처럼 그렇게 영악한 사람이 아니야."

제갈명이 대수롭지 않게 어깨를 으쓱이며 웃었다.

"그런 건 아무래도 상관없습니다. 주군이 어떤 생각을 하시든 간에 결과가 그러면 저는 만족이니까요."

설무백은 한마디 더하려고 제갈명을 돌아보다가 이내 포기하고 그만두었다. 말로는 제갈명을 당할 수 없다는 사실을 이미 오래전에 깨달은 그였다.

그때 양웅이 무거운 기색으로 그들의 대화에 끼어들며 넌지시 말을 건넸다.

"다른 건 아무래도 좋으나, 우리 양가장이 거사에서 빠지는 일은 없었으면 좋겠소, 조카님."

설무백은 픽 웃고는 양웅과 그 곁에서 따라오고 있는 담대성 등을 쳐다보며 말했다.

"취의청으로 가지요."

자리가 취의청으로 옮겨졌다.

거사에 참가할 요원들이 그 자리에서 정해졌고, 그 인원은 모두의 예상과 달리 백오십 명이었다.

설무백이 전날 녹림맹에서 삭감한 인원을 풍잔에서 충당한 것인데, 그 바람에 그들의 논의는 새벽이 되어서야 끝났다.

같은 시간.

신강과 세외의 경계를 이루며 길고 장대하게 늘어선 천산산

맥을 타고 서남쪽으로 이어진 능선을 따라 오백여 리를 가다가 마주치는 도회지인 아도십의 북쪽을 가로막으며 우뚝 솟은 이차산의 정상이었다.

짙은 운무가 깔린 산정에는 마교총단의 전대 단주인 독수신옹 악불군이 중심에 버티고 선 가운데, 같으면서도 다른 기운을 풍기는 두 부류의 무리가 거대한 바위를 다듬어서 만든 장방형 탁자를 사이에 두고 마주 서 있었다.

좌측에는 극락서생 악초군를 위시한 홍인마수 혁련보 등, 마교총단의 요인 열 명과, 우측에는 벽안옥룡 야율적봉을 위시해서 무진광룡 야율척 등, 야율가와 유명전의 요인 열 명이었다.

다들 침묵한 채 서로가 서로를 바라보는 그들의 분위기는 매우 삭막했다.

살기까지는 아니었으나, 도저히 가까이할 수 없는 적의가 서로를 바라보는 그들의 눈빛에는 깊게 자리하고 있었다.

다만 오직 한 사람, 오늘의 자리를 마련하고 지금 그들 두 부류의 중앙에 서 있는 악불군만큼은 달랐다.

악불군의 눈은 고요하고, 담담하게 가라앉아 있었다.

여차하면 당장이라도 피비린내 나는 싸움이 벌어져서 지금 이 산정이 초토화되고 모든 것이 파국으로 치달을 수 있는 상황임에도 그는 평정을 잃지 않고 담담하기만 했다.

이내 그의 입에서 그들을 향해 흘러낸 말도 그랬다.

"일단 앉지들?"

악초군이 어깨를 으쓱하고는 미소를 지으며 자리에 앉았다.

얼굴과 입술에 미소를 짓고 있었지만, 좋게 보이는 인상은 전혀 아니었다.

여전히 눈싸움을 하듯 야율적봉과 시선을 마주하고 있는 그의 얼굴은 반투명한 한 꺼풀 껍질 안에 싸늘하게 식은 얼굴이 가려져 있는 것처럼 더없이 이질적인 느낌을 주고 있어서 차라리 화를 내고 분노를 토하는 것보다도 더 삭막하게 느껴졌다.

야율적봉도 다르지 않았다.

그 역시 악초군의 시선을 피하지 않고 마주한 채로 웃으며 자리에 앉고 있었다.

마교총단의 요인들이, 그리고 야율가와 유명전의 고수들이 천천히 그들의 곁에 자리를 잡고 앉았다.

와중에 악초군이 곁에 앉은 혁련보를 향해 슬쩍 고개를 기울이며 물었다.

"거란족의 칸이 하르브르깃이 보이지 않는군요. 야율가의 충신으로 알고 있었는데, 내가 잘못 안 건가요?"

분명 속삭이듯 나직하게 소곤거리는 목소리지만, 당연히 마주 앉은 야율적봉이 듣지 못할 리 만무했다.

야율적봉에게 들으라고 하는 얘기인 것이다.

혁련보가 그걸 아는지 피식 웃으며 대답했다.

"더는 충성하기 싫었던 모양이지요. 사실인지 어쩐지는 모르겠으나, 듣기에는 일전에 중원의 애송이에게 홀딱 넘어가서 야율가를 버렸다고 하네요."

"대세를 아는 친구로군."

"머리가 아주 좋다고 하더군요."

대화를 주고받으면서도 악초군의 시선은 야율적봉에게서 떨어지지 않고 있었다.

대놓고 비아냥거리며 놀리는 것이다.

야율적봉이 웃었다.

이마에는 핏대가 섰지만 입으로는 웃고 있었다.

그 상태로, 그는 역시나 악초군이 그랬던 것처럼 악초군의 시선을 마주한 채 고개를 슬쩍 야율적을 향해 기울이며 소곤거리듯 물었다.

"전에 그 일은 어떻게 됐지요? 왜 그때 중원에서 한바탕 소란이 일어났다며 조사해 본다고 했잖아요?"

야율적이 혁련보와 마찬가지로 피식 웃으며 대답했다.

"아, 그거요. 조사해 보니 별것도 아니었습니다. 누군가 자객을 보내서 황제와 십천세를 비롯한 몇몇 중원의 명숙들을 노린 모양입니다만, 워낙 격이 떨어진 자객들이라 죄다 실패했다고 하네요. 잘은 몰라도 살아난 자가 하나도 없다죠, 아마?"

장군에 멍군이었다.

악초군이 가만히 웃었다.

그 역시 앞선 야율적봉처럼 입은 웃고 있는데, 이마에는 못내 핏대가 서리고 있었다.

"그간 못 본 사이에 우리 칠사제가 정말 많이 컸네?"

"별말씀을 다…… 제가 커 봐야 그게 그거죠. 어디 이사형만
하겠습니까."

"말대꾸도 잘하고."

"여전하시네요. 남 얘기는 다 고깝게 듣는 그 성격."

쿵-!

둔중한 소음이 그들의 대화를 끊었다.

그들이 마주한 바위 탁자의 측면에 서 있던 악불군이 거칠게
발을 굴렀던 것이다.

"애들 싸움 같은 언쟁은 그 정도로 끝내고, 이제 그만 본론으
로 들어가도록 하지!"

악불군이 주변을 우렁우렁하게 울리는 목소리로 말문을 열
고는 재우쳐 말했다.

"오늘 내가 두 사람의 자리를 마련한 것은 그간의 내분을 끝
내기 위함이다! 그러니 지금부터 내가 하는 말을 잘 새겨듣고
부디 올바른 결정을 하기 바란다!"

힘준 그의 목소리가 산정을 쩌렁하게 울렸다.

그게 의도적인 것인지 아니면 그 자신도 모르게 격정이 끓어
올라서 그런 것인지는 모르겠으나, 그 바람에 확실히 장내의 분
위기가 크게 바뀌었다.

악불군이 그 분위기에 기대서 거듭 열변을 토했다.

"다들 알겠지만, 우리 마교를 구성하는 삼전오문구종의 주인인 마왕들은 서로가 서로를 인정하면서도 서로가 서로를 의심하고 경계하는 사이이다! 그것은 누구도 거부할 수 없는 마교의 본령과 관계되어 있는 사안으로, 마교총단을, 즉 삼전오문구종의 구심점이자, 마교총단의 중핵을 이루는 일궁, 마황궁을 차지할 수 있는 것이 다른 무엇도 아닌 힘이기 때문이다!"

악초군과 야율적봉의 안색이 변했다.

그들 역시 알고 있었다.

약육강식(弱肉強食), 적자생존(適者生存)의 철칙이 다른 어느 곳보다도 더 철저하게 지켜지는 곳이 바로 마교이다.

모두가 동료이면서도 모두가 적일 수 있다는 모순이 공존하는 곳이 바로 마교인 것이다.

"그러니……!"

악불군이 강렬한 눈빛으로 변해서 악초군과 야율적봉을 번갈아 보며 슬쩍 손을 들었다.

순간, 그의 뒤편으로 바람이 불어왔다.

동시에 하늘에서 떨어진 듯 땅에 솟아난 듯 하나둘씩 모습을 드러내는 사람들이 있었다.

허름한 마의를 포대처럼 헐렁하게 걸친 노인에서부터 피처럼 붉은 나삼을 거친 여인과 알록달록한 색동저고리를 입은 아이까지, 실로 각양각색의 의복을 걸친 남녀노소였지만, 다들 하나같이 범상치 않은 기운을 풍기는 인물들이었다.

"팔로문······!"

안색이 변했던 악초군과 야율적봉의 두 눈이 빛을 발하는 가운데, 혁련보가 침음을 흘리듯 뇌까렸다.

그랬다.

지금 악불군의 뒤로 유령처럼 홀연하게 나타난 인물들은 바로 과거 천마대제 궁독의 예하에서 마교의 대소사를 결정하던 마교의 원로들인 팔로문의 고수들인 것이다.

밝아오던 새벽하늘이 의미하게 어두워졌다.

푸른 모습을 드러내던 주변의 산하도 검은 빛깔에 잠식되었다.

일종의 결계(結界)였다.

팔로문의 고수들이 일으키는 기운이, 가공할 마기의 분산이 그들이 자리한 산정을 하나의 공간으로 가두어 버린 것이다.

악불군의 말이 다시 이어졌다.

"이제 두 사람은 이 자리에서 결정해야 한다! 그리고 그 결정은 적어도 삼전오문구종의 힘이 하나로 합쳐지고, 마교의 권위를 능멸하는 무리를 완전히 제거할 때까지 유효해야 한다!"

그는 말미에 악초군과 야율적봉을 번갈아 보며 재우쳐 물었다.

"화해인가 아니면 반목인가?"

누구도 먼저 입을 열지 않는 가운데, 죽음과도 같은 적막이 장내에 내려앉았다.

천외천의
주인

폭발 직전의 화약고처럼 팽팽한 긴장감이 가느다란 실 끝에 간신히 매달려서 흔들리고 있는 것 같은 분위기였다.

악초군이 피식 웃는 것으로 적막 깨며 불쑥 물었다.

"그 말인 즉, 청소가 끝나면 반복을 인정하겠다는 뜻이겠지요?"

그의 시선은 여전히 야율적봉의 시선을 마주하고 있으나, 질문은 악불군에게 하는 것이었다.

악불군이 사뭇 준엄한 목소리로 대답했다.

"반목이 아니라 경쟁이다! 아직 마교의 후계자가 결정되지 않았으니, 내가 인정할 수 있는 것은 그게 전부다!"

야율적봉이 악초군과 마찬가지로 시선을 돌리지 않고 가만히 웃으며 말했다.

"사실이 그렇다면 나는 화해할 준비가 되어 있습니다."

악불군의 시선이 악초군에게 돌려졌다.

악초군이 가만히 따라 웃으며 자리를 털고 일어나서 야율적봉을 향해 공수했다.

"그럼 잘 부탁한다, 칠사제."

수긍이고, 승낙이었다.

야율적봉이 마주 일어나서 공수하는 것으로 답례했다.

"저야말로 잘 부탁드립니다, 이사형."

악불군이 기꺼이 웃는 낯으로 그들, 두 사람을 번갈아 보았다.

그리고 더없이 정중하게 공수했다.

"그럼 이제부터 본인 역시 두 분에게 하대를 삼가도록 하겠소. 이제 두 분은 아직 돌아오지 못한 대공자와 함께 마교의 권좌를 놓고 경쟁하는 후계자 후보로 인정하겠다는 뜻이오."

마교의 권좌를 놓고 대립하던 마교이공자 극락서생 악초군과 마교칠공자 벽안옥룡 야율적봉의 한시적인 공조가 이렇게 시작되었다.

다음 권으로 이어집니다

천하제일
주인